KB043892

일륜 新무협 판타지 소설

FANTASTIC ORIENTAL HEROES

무백 6

일 류 新무협 판타지 소설

초판 1쇄 찍은 날 § 2014년 4월 16일
초판 1쇄 펴낸 날 § 2013년 4월 23일

지은이 § 일 류
펴낸이 § 서경석

편집부장 § 권태완
편집책임 § 정수경
디자인 § 이혜정

펴낸곳 § 도서출판 청어람
등록번호 § 제387-1999-000006호
등록일자 § 1999. 5. 31
어람번호 § 제2-2490호

주소 § 경기도 부천시 원미구 심곡2동 163-2 서경B/D 3F (우) 420-822
전화 § 032-656-4452 팩스 § 032-656-4453
http://www.chungeoram.com
E-mail § chungeorambook@daum.net

ISBN 979-11-316-9001-7 04810
ISBN 978-89-251-3372-0 (세트)

[완결]

6

일륜 新무협 판타지 소설

무백

FANTASTIC ORIENTAL HEROES

目次

第一章 희망이 될지, 위협이 될지   7

第二章 재회   41

第三章 제자리로   71

第四章 불길한 징조   101

第五章 느껴진다   137

第六章 낙양루   165

第七章 심온의 선택   199

第八章 때가 됐다   227

第九章 북두제검주   261

第一章

위험이 될지
희망이 될지

"낭패로구나!"

심온은 손에 든 서신을 읽다 자신도 모르게 탁자를 때리고 말았다.

살막주 사(死). 본거지 생존자 무(無).

군림회주 탁무정이 호북성 의창으로 가지 않고 살막의 본거지인 석림호특(錫林浩特)을 칠 줄은 생각지도 못했던 것이다.

"그렇다면 의창으로 갔다는 군림회주는 어떻게 된 거지? 주 각주, 연락이 어디서 왔다고 했나?"

심온은 말을 하다 멈추고 주봉을 돌아봤다.

"비각십위가 직접 서신을 전했습니다."

"비각십위가? 그쪽에 나가 있던 사람이라면……."

"영웅령주님, 겉에 '비육'이라 적혀 있던 걸 못 보셨습니까?"

"비육?"

심온의 미간이 좁혀졌다.

비육은 수십 년간 맡겨진 임무를 실패한 적이 없는 사람이다. 그런 사람이 정확히 '군림회주'란 말을 넣어서 서신을 보냈다.

'누군가 서찰을 빼돌렸다. 비육… 비육이 위험하다.'

심온의 표정이 다급하게 변했다.

"왜 그러십니까, 영웅령주님?"

"목 각주를 당장 의창으로 보내게."

"예? 그곳엔 이미 사람이 있다고 하지 않았습니까?"

"당했네."

"……?"

"혈뇌. 그 사람이 나섰어."

심온은 이를 악물며 눈을 부릅떴다.

혈뇌가 아니면, 혈뇌가 사람을 시켜 비육을 죽이지 않았다면 잘못된 정보가 심온에게 전달될 리가 없었다.

*   *   *

군림회 십마대전.

혈뇌 곡대연은 이십 대의 늘씬한 여인과 함께 안으로 들어섰다.

모두들 아는 여인인지 구마는 가볍게 눈인사를 건넸다.

"모두들 아실 것입니다. 집마전주 마마궁(魔魔弓)이십니다."

마마궁 탐려.

나이 칠십이 넘는 노파였지만 몸과 얼굴은 여전히 이십 대의 모습을 유지하고 있었다.

층층만화공(層層滿花功)이란 내공심법 덕분인데 단계가 높아질수록 내공이 심후해지는 것은 물론이고, 화후가 구성에 이르면 그 상태로 더 이상 늙지 않게 된다고 한다.

이 무공은 오직 여자만이 익힐 수 있다.

내공을 유지하기 위해서는 반드시 음양의 조화가 이루어져야 하기 때문이다.

칠십이 넘은 나이임에도 여전히 밤마다 남자와 함께 자리에 드는 이유이기도 했다.

"축하하오, 마마궁. 십마대전에 새로운 사람이 들어온 지가 얼마 만인지 모르겠소이다. 그동안 집마전주로서 애 많이 써온 것에 대한 보상이라 생각하고 앞으로는 우리와 함께 군림회를 잘 이끌어주세요."

"모자란 제가 들어와도 되는 곳인지 모르겠습니다. 어제 연락을 받고 잠 한숨 못 자고 있습니다."

"그 심정 다들 잘 알고 있지요."

탐려는 손으로 입을 가리며 웃고는 이전에 상문하영이 앉았던 자리로 가 의자를 만져보며 기뻐했다.

"자, 다들 자리하신 것 같으니 이제 말씀드리지요."

곡대연은 탐려까지 자리에 앉자 진지한 말투로 바뀌었다.

분위기가 삽시간에 달라졌다.

탐려를 제외한 아홉 명의 눈빛이 날카롭게 변했다.

"회주님께선 곧 돌아오십니다. 그것이 어떤 의미인지 모두들 잘 아실 거라 믿습니다."

곡대연의 말이 끝나자 대전 안의 분위기가 무겁게 가라앉았다. '회주가 돌아온다'는 말의 의미를 모두 잘 알고 있음을 뜻했다.

"저는 처음이라 모르겠습니다. 알아듣게 약간의 설명이라도 해주시면 안 될까요?"

망설이며 이어질 말을 기다리던 탐려는 나설 때가 아니란 것을 감으로 알고 있으면서도 끼어들고 말았다.

가만히 있다가는 회의가 끝날 때까지 아무것도 모른 채 있어야 할 것 같았기 때문이다.

"이런, 마마궁께 설명이 필요하다는 걸 잠시 잊었군요. 조금 전에 한 말이 무슨 뜻인가 하면, 군림회가 움직인다는 뜻입니다."

"움직인다?"

탐려는 여전히 곡대연의 말뜻을 알아듣지 못했다.

자신이 아는 한 군림회는 단 한 번도 멈춘 적이 없는 까닭이다.

그런 탐려를 가만히 바라보던 곡대연의 입술이 다시 달싹였다.

"사파일통."

"……!"

탐려의 입이 떡 벌어지고 말았다.

군림회에 몸담은 뒤로 언제나 명령을 받아야만 수행하던 것이 탐려의 입장이었다.

사파일통.

감히 상상으로만 가능했던 말을 들은 것이다.

'십마대전. 진짜로 내가 이곳에 와 있구나.'

탐려는 꿈을 꾸는 것만 같았다.

지금껏 그토록 고생하며 자리를 지킨 이유는 오직 한 가지, 십마대전에 들기 위해서였다.

사파십대고수가 된 것도 기쁘지만, 그보다는 군림회의 그 누구도 거역할 수 없는 명령을 내릴 수 있는 위치에 올랐다는 사실에 가슴이 벅차올랐다.

'이런 건가, 십마가 된다는 건?'

탐려의 하얀 이가 살짝 드러났다.

전율이 일어날 정도로 좋았다.

집마전의 고수들에게 명령을 내리는 것과는 비교도 안 되는 강력한 힘이 이곳에 있는 것이다.

'사파일통이라니. 그리고 그 결정을 내리는 곳에 내가 있다니.'

탐려의 눈엔 감격이 어렸다.

"이제 진행해도 되겠소, 마마궁?"

곡대연은 웃으며 물었다.

말을 끊어서 짜증이 난 것임도 모르고 탐려는 눈을 빛내며 고개를 끄덕였다.

저 고고한 혈뇌가 자신에게 의향을 물었다.

탐려 일생에 지금보다 짜릿한 순간은 없었다.

"얘기를 이어가지요. 회주님께서 돌아오시는 즉시 군림령을 발동하여 와룡문에 소속된 문파들을 지워 나갈 겁니다. 그 첫 번째는 당연히 구대문파가 되겠지요. 앞으론 우리에게 대항할 고수 따위 키우지도 못하게 만들 겁니다."

곡대연은 마치 말만 하면 다 이루어지게 되어 있다는 듯 아무렇지도 않게 와룡문의 와해 순서까지 말했다.

'회주께서 계시고 안 계시고의 차이가 뭐지? 그렇다면 전에도 언제든지 와룡문을 무너뜨릴 수 있었다는 건가?'

탐려는 곡대연의 말을 이해하지 못해 또 질문을 하고 싶었으나 꾹 눌러 참았다.

집마전주로 오랫동안 사람들을 부려본 그녀이기에 지금 끼어들게 되면 맥이 끊긴다는 것을 잘 알기 때문이다.

"당연히 그다음은 오대세가가 되겠지요. 나머지 잡다한 문파들은 성마전에서 알아서 처리하도록 조치할 생각입니다."

곡대연의 설명은 거기서 끝이 났다.

이젠 질문할 사람은 질문하라는 듯 심마를 죽 둘러보았다.

"대웅에 관한 논의 같은 건 하지 않습니까?"

탐려는 곡대연과 눈이 마주치자 재빨리 물었다.

집마전주로 오랫동안 지낸 습관이 그대로 나온 것이다.

"마마궁, 이곳은 심마대전이라오."

"예?"

"대웅, 작전, 순서. 이런 건 후임 집마전주가 알아서 잘 처

리할 테니 걱정 마세요. 마마궁께서 전에 어떻게 일을 처리하셨는지 생각 안 나십니까?'

곡대연의 반문에 탐려는 어색하게 웃었다.

뭐라 반문할 말을 찾지 못한 까닭이다.

무엇보다, 다른 십마들의 반응이 탐려로 하여금 가만히 있도록 만들었다.

곡대연에 대한 확고한 믿음 때문일까? 아니면 나서선 안 된다는 암묵적인 약속이 있기 때문일까?

회의가 시작되고 자신의 의견을 말한 사람은 오직 탐려뿐이었다.

"십마전은 결정을 내리는 곳입니다. 그 결정을 완성시키는 것은 집마전과 성마전이지요. 다음에 우리가 다시 모일 때는 그들이 가져온 안건 중 적당한 것을 고를 때입니다."

"그, 그렇군요."

탐려는 자신도 모르게 순간적으로 집마전주로 되돌아가 있었다는 것을 깨달아야 했다.

이곳엔 이곳 나름의 규칙이 있는 것이다.

곡대연은 말을 마치고 잠시 시선을 들어 밖을 쳐다봤다.

'심온, 선물이 마음에 드나? 사패 중 둘이 사라졌으니 초조할 게야. 와룡문 역시 곧 그리 될 테고 말이야. 흘흘흘.'

곡대연의 입가에 미소가 얹혀졌다.

군림회주 탁무정은 의창으로 간 적이 없었다.

그렇게 보고하도록 조작을 해놓은 것뿐이다.

지금쯤 당황해하고 있을 심온을 떠올리자 저절로 웃음이 나온 것이다.

'설혹 사람들을 의창으로 보냈다고 해도 생존자는 찾지 못할 게다. 나머지 이패도 곧 사라지고 나면……'

곡대연의 눈빛이 의미심장하게 빛났다.

*　　*　　*

노인은 무형검에 혈이 뚫렸음에도 멀쩡히 움직이는 세 흑포인을 보며 표정을 굳혔다.

검각의 일검지주 좌전.

강호로 나갔다가 돌아온 천명에게 믿기지 않는 말을 듣고 처음으로 검각을 떠나온 검각 제일 고수인 노인의 이름이었다.

"…고검이 분명했습니다."

천명은 금가장에서 있었던 일을 하나도 빠뜨리지 않고 설명한 후 실의에 빠진 얼굴로 고개를 숙였다.

좌전은 천명의 얘기를 들으며 세 번 놀랐다.

먼저 고검과 고검보의를 찾았다는 말에 놀랐고, 두 기보의 주인이 이십 대 젊은 청년이란 말에 더욱 놀랐으며, 그 청년과의 비무에서 천명이 손도 까딱하지 못했다는 말에는 경악하고 말았다.

누구보다 천명의 실력에 대해 잘 아는 좌전이기에 더더욱 믿기 힘들었다.

좌전은 천명의 얘길 모두 들은 뒤, 도저히 자리를 지키고 앉아 있을 수 없었다.

좌전의 어린 시절, 하늘과 같았던 대사형의 유품을 가진 젊은 청년이 나타났다.

직접 만나야 했다.

대사형과 관련된 것이라면 알아내야 하기 때문이다.

때마침 도착한 것이 독문의 멸문 소식과 살막의 지원 요청이었다.

좌전은 도와주러 가야 한다는 천명을 검각에 눌러 앉히고 직접 이곳까지 왔다.

젊은 청년이 어떻게 고검의 흔적을 남겼으며 대사형과 어떤 관련이 있는지 직접 만나서 알아보고 싶은 까닭이다.

"역천의 술은 한 번 펼치면 다시는 이전으로 되돌아가지 못한다는 것을 알고도 사용한 겐가?"

좌전은 측은한 눈으로 세 흑포인을 쳐다봤다.

하지만 세 흑포인은 귀를 닫고 있는지 반응조차 보이지 않았다.

"역천의 술. 혈의 위치를 착각하게 만들어 사혈이 다쳐도 고통을 느끼지 못한다지? 대사형의 소식을 가져온 자에게 들어서 알고 있다."

좌전은 아련한 눈이 됐다.

백 년 전, 대사형의 죽음을 직접 전해준 자가 있었다.

그는 영웅맹이란 곳의 군사인 창천리라고 했다.

"순리를 역행한 무공과 싸우다… 돌아가셨습니다."

창천리란 자가 말하던 무공이 아마도 눈앞에 있는 세 흑포인이 익힌 무공일 것이다.

하지만 이내 좌전은 고개를 가로저었다.

저 정도의 화후라면 백 명, 천 명이 몰려와도 대사형의 옷자락 하나 건드릴 수 없기 때문이다.

"자네들을 부리는 자가 누군지 만나보고 싶군."

좌전은 담담하게 말을 건넨 후 한쪽으로 물러나 있는 살막의 무인들을 돌아봤다.

"이들만 온 겐가?"

"여섯 명이 더 있습니다."

좌전의 질문에 누군가 큰 소리로 대답했다.

"여섯?"

좌전은 의외라는 듯 고개를 갸웃거렸다.

이들 정도의 고수가 여섯이란 말로 들었기 때문이다.

"다른 자들이 더 있다니 너희로선 다행스러운 일이로구나."

'다행스러운 일이라고?'

좌전의 질문에 대답했던 살막의 무인은 의아한 표정으로 쳐다봤다. 흑포인들과 같은 고수가 여섯이나 더 있다는 것이 어떻게 다행이란 건지 짐작할 수 없는 까닭이다.

세 흑포인을 향해 돌아선 좌전이 걷기 시작했다.

조금 전처럼 검지를 들어 올리지도 않았다.

쾅!

굉음과 함께 흑포인 한 명이 좌전을 공격했다가 허공에 수평으로 누운 채 반대편으로 날아갔다.

쾅!

두 번째 폭음은 역시나 흑포인이 날아간 뒤에 들려왔다.

잔뜩 긴장한 눈으로 대결을 지켜보던 살막의 무인들 눈에 허무함이 가득했다. 자신들을 장난감 취급하던 고수들이 장난감 취급을 받고 있었기 때문이다.

좌전은 흑포인들을 향해 걸어갔을 뿐인데 알아서 절벽에 처박히니 그렇게 여길 수밖에 없었다.

그런 살막의 무인들 입에서 당황한 목소리가 흘러나왔다.

벽에 처박혔던 흑포인 둘이 또다시 아무렇지도 않게 일어나 좌전을 향해 검을 들었기 때문이다.

좌전의 걸음이 멈춘 것은 그때였다.

'역천의 술을 몸에 새겼다고 해도 조금 전의 충격이라면 능히 움직일 수 없어야 하건만…….'

좌전은 다시 움직이기 시작하는 흑포인들을 보며 미간을 찌푸렸다.

무형검이 흑포인들의 몸에 닿는 순간 어느 정도의 화후를 이뤘는지 알 수 있었다. 그렇기에 조금 전의 공격을 가한 것이다.

툴썩, 좌전의 입가에 웃음이 감돌았다.

한 번도 아니고 두 번이나 되살아날 줄은 생각지도 못한 까닭이다.

좌전의 입가에 웃음이 사라졌다.

"조심하십……."

살막의 무인 중 한 명이 기겁을 하며 소리쳤다.

흑포인들이 동시에 움직이는 것을 보자마자 외친 것이다.

그러나 목소리는 끝까지 이어지지 못했다.

쉭—

제자리에 서 있던 좌전이 사라지며 흑포인들이 날아올랐던 곳에 모습을 드러냈다.

쉬이익—

계곡 안으로 바람이 밀어닥쳤다.

툭.

무언가 땅에 떨어지는 소리가 정적을 깨뜨렸다.

모두 세 개.

흑포인들의 머리가 바닥에 떨어진 후 바람에 밀려 몸뚱이와 멀어지고 있었다.

무엇이 어떻게 된 상황인지 본 사람은 전무했다.

정적이 만근의 무게로 계곡 안의 살막 무인들 입을 짓눌렀다.

*　　*　　*

또 다른 정적에 휩싸인 곳.

야율휘가 흑포인 셋과 싸우던 산 정상에는 계곡보다 강한 칼바람이 모두의 입을 다물게 만들었다.

흑포인 셋의 몰골은 말이 아니었다.

팔 하나를 잃은 자, 두 다리가 잘린 자, 심장 부위에 구멍이 뚫린 자.

이미 죽은 것이나 다름없어 보였지만 그들은 주춤했다 다시 발걸음을 옮기고 있었다.

바닥엔 그들이 흘린 세 줄기 붉은 선이 그어졌다.

그런 흑포인 셋의 앞.

빙선이 그들을 호기심 많은 눈으로 쳐다보고 있었다.

"신기해, 신기한 일이야. 어찌 움직이지?"

빙선은 고개를 갸웃거리다 손을 들어 심장 부위가 뻥 뚫린 흑포인을 향해 뻗었다. 그 동작은 마치 바로 앞에 있는 사람을 만지기라도 할 것같이 보였다.

퍽!

빙선의 손이 채 뻗어지기도 전에 흑포인의 왼쪽 어깨가 터져 나갔다.

역시나 이번에도 흑포인은 움찔했을 뿐 움직임을 멈추지 않았다.

"그래도 움직이는구나. 어찌 이렇지?"

빙선의 호기심 어린 목소리엔 조금의 감정도 담겨 있지 않았다.

그때였다.

허공 중의 수증기를 일시에 얼려 버리며 백색 안개가 세 흑포인을 감쌌다.

까그득.

신체의 모든 기관이 어는 소리였다.

"어르신, 부득이하게 끼어들 수밖에 없었네요."

선하연이 빙선의 옆으로 다가왔다.

"하연이 네가 그만하라고 하면 그만해야지. 누군지 몰라도 재미있는 것들을 만들었구나."

빙선은 웃으며 선하연을 향해 돌아섰다.

쉬쉬쉭―

몸을 돌리기 직전 빙선의 손가락에선 무언가 빠져나갔다.

퍼버벅!

얼어버렸던 흑포인 셋의 머리가 붉은색 얼음 조각으로 화해 바닥으로 떨어져 내렸다.

"어르신!"

선하연은 터져 나간 붉은색 얼음 조각들을 보며 미간을 찌푸렸다.

"심장이 없어도 움직이고, 두 다리가 없어도 움직이는 놈들이더구나. 잠시 얼었다고 죽었을 리 없지. 하연이 네가 위험할 수 있는 상황이 벌어지기 전에 손을 쓴 것이다."

빙선은 선하연의 화를 풀어주려 자신의 행동을 설명해야 했다.

선하연이 그런 빙선의 배려를 모를 리가 없었다.

"저들에게 배후를 물어보려고 했을 뿐이에요. 어차피 살려 줄 생각은 없었어요."

"하연이 네가 하는 것보단 이 늙은이가 하는 게 낫지. 그보다 조금 전 펼친 수법은 자하빙악무(紫霞氷岳霧)였던 것 같은데……"

세 흑포인이 죽자마자 빙선의 호기심은 선하연의 무공으로 옮겨갔다.

"맞습니다, 어르신. 제게 맞도록 바꿨습니다."

"색이 사라진 안개라. 그럼 이젠 그냥 빙악무가 되겠구나. 좋구나, 좋아."

빙선은 탄성을 터트리며 계란이라도 쥔 것처럼 손을 모은 후 연신 흔들어댔다.

선하연은 기뻐하는 빙선에게서 시선을 떨구고 뒤를 돌아봤다.

"야율 소협, 괜찮으세요?"

선하연이 돌아본 곳엔 부하들의 부축 없인 서 있기도 힘들어 보이는 야율휘가 있었다.

야율휘는 세 흑포인의 시체에서 눈을 떼지 못했다.

'저들을, 살막의 무공을 몸으로 받아낸 저들을, 겨우 세 번 만에 그것도 장난감 취급하듯 상대하는 고수가 있을 줄이야. 게다가 선 소저… 도대체 어느 정도의 성취를 이룬 것이란 말인가?

야율휘의 눈이 선하연에게로 향했다.

세 흑포인을 장난감처럼 다루던 빙선이 선하연에게 조심하는 모습을 본 까닭이다.

"선 소저, 감사합니다."

"별말씀을요. 저보다는 이분께 감사를 드려야지요."

선하연이 빙선을 돌아봤다.

"말학 야율휘, 고인께 인사가 늦었습니다."

야율휘는 다친 상태라는 것을 잊고 곧바로 포권을 취하려다 그대로 자리에 주저앉고 말았다.

"인연은 인연이 있는 사람끼리 나누는 것이지."

빙선은 묘한 말로 인사를 대신하곤 고개를 주위로 돌렸다. 자신은 선하연 외엔 이곳 누구와도 인연을 쌓지 않겠다는 확고한 뜻을 밝힌 것이다.

"늦지 않기를 바랐건만… 이렇게 됐네요."

선하연은 빙선의 뜻을 존중하기 위해 시체 그득한 주변으로 시선을 돌리며 말을 이었다.

"그들은 시, 십팔마라고… 부른다고… 했소, 서, 선 소저. 윽……."

야율휘는 대답하다 말고 배를 움켜쥐었다.

"십팔마? 이곳엔 셋밖엔… 그럼 이들 말고 열다섯이나 더 있다는 건가요?"

선하연은 놀란 눈으로 반문했으나 야율휘는 입가에 가는 핏줄기를 흘리며 식은땀을 흘릴 뿐이었다.

"얘기는 나중에 하고 일단 치료부터 해야겠네요."

"자, 잠시만… 선 소저, 염치없는… 부탁 한 가지만 들어주시면 안 되겠습니까?"

야율휘가 간절함이 가득 담긴 눈으로 선하연을 쳐다봤다.

"말씀하세요. 제가 할 수 있는 일이라면 해드릴게요."

"노, 놈들은… 아, 아직… 여, 여섯… 큭."

야율휘는 말을 끝내지 못하고 그대로 혼절하고 말았다.

"저런 자들이 아직 여섯이나 남았다는 뜻입니다. 아마도 선 소저께서 그들을 막아주셨으면 하신다는 뜻 같습니다."

선하연이 이곳에 처음 왔을 때 가로막았다가 죽을 뻔했던 노인이 말을 받았다.

"당신이군요."

선하연은 노인을 한눈에 알아봤다.

"예. 소저 덕분에 아직까지 살아 있는 라합이라고 합니다."

"야율 소협부터 치료하시고 다른 여섯 명의 위치를 제게 알려줄 사람만 남겨주세요."

선하연이 라합의 말을 자르며 천천히 낭애 끝으로 걸음을 옮겼다.

"감사합니다."

라합은 깍듯하게 허리를 숙인 후 얼굴형이 길고 날카로운 눈매를 가진 중년인에게 손짓으로 지시를 내렸다.

중년인은 곧장 선하연에게 다가와 허리를 숙였다.

"탕부라고 합니다. 놈들의 목적은 이곳의 괴멸에 있습니다. 식구들을 부르면 자연히 쫓아올 것입니다. 그리 해도……."

"서둘러 주세요. 피해를 줄여야지요."

선하연은 탕부란 중년인이 말하고자 하는 요점을 알고서 짧게 결정을 내려주었다.

삐이익―

탕부가 엄지와 검지를 입에 넣자 휘파람 소리가 허공을 빠져나갔다.

잠시 후, 모두 세 군데서 아한이 낸 소리와 비슷한 휘파람 소리가 들려왔다.

"음?"

탕부가 이채를 발하며 소리가 난 곳들을 둘러봤다.

"무슨 일이죠?"

선하연이 아한의 표정을 읽고 물었다.

"놈들이… 전멸됐다고 합니다."

"예?"

선하연은 탕부의 대답에 깜짝 놀라고 말았다.

자신과 빙선이 나선 후에야 죽일 수 있던 흑포인들이 살막의 무인들에게 전멸됐다?

의문 가득한 눈이 된 것도 당연했다.

"소리로 보아 곧 도착할 것 같습니다."

탕부 역시 영문을 모르긴 마찬가지인지 인상을 찌푸리며 심각한 표정을 지었다.

순간, 선하연의 표정이 싸늘하게 굳었다.

선하연을 보고 있던 탕부는 자신도 모르게 마른침을 삼키며 눈을 끔뻑거렸다.

"빙선 어르신."

선하연의 입에서 낮은 목소리가 흘러나왔다.

"나도 느껴지는구나."

빙선이 고개를 끄덕였다.

단 한순간도 긴장이라곤 모르는 사람처럼 보이던 빙선의 표정이 굳어지고 있었다.

선하연과 빙선의 한마디가 만들어낸 정적이 낭애를 감쌌다.

뒤에서 지켜보기만 하던 두 호선이 선하연의 옆으로 다가왔다.

"아가씨, 무슨 일이십니까?"

진 호선이 걱정스런 표정으로 물었다.

"이놈이 또 사나워지고 있어요."

선하연이 단전에 손을 대며 대답했다.

"……?"

"금가장에서 봤잖아요, 두 분은."

"…그, 그때!"

진 호선과 양 호선은 잠시 생각을 떠올리다 갑자기 두 눈을 크게 치뜨고 말았다.

"맞아요. 빙정을 놀라게 할 정도의 힘을 가진 사람이 이곳으로 오고 있다는 뜻이에요."

선하연의 대답에 두 호선은 다급히 빙선을 돌아봤다.

빙선은 가부좌를 튼 채 길 쪽을 돌아보며 바닥에서 두 치 정도 떠 있었다.

"음?"

살막의 무인들과 산을 오르던 좌전이 걸음을 멈추며 산 정상을 올려다봤다.

그러자 좌전의 속도에 맞춰 움직이던 살막의 무인들 역시 자리에 멈춰 서고 말았다.

"대협, 무슨 일이라도……."

"저 위엔 누가 있나?"

"저곳엔 소막주님과 호위들이 계십니다."

"이상하군. 둘이나 있으면서 어째서 이렇게 될 때까지 내버려 둔 거지?"

좌전은 알 수 없는 말을 남기고 다시 걸음을 옮겼다.

산 정상으로부터 강렬한 기운이, 그것도 하나가 아닌 둘이나 됐다.

멀리서도 좌전이 느낄 정도라면 보통 고수들이 아니란 뜻이다. 그런 고수가 둘이나 되면서 왜 흑포인들을 직접 처리하지 않았는지 의아한 생각이 든 것이다.

'둘의 성질이 무척 다르구나. 한쪽은 고요한 반면, 다른 한쪽은 강렬하고. 아직도 호기심을 자아낼 사람들이 있다니, 강호란……'

정상으로 향하는 좌전의 주름진 얼굴에 미소가 번졌다. 자신에게 기대감을 줄 수 있는 상대가 저 위에 있었다. 그것도 두 명이나.

세상에 나온 것이 다행이란 생각이 처음으로 들었다.

만나고 싶은 사람이 하나에서 셋으로 늘어났다.

천명을 좌절하게 만들었다는 청년과 저 산 정상에서 자신을 기다리고 있는 두 기운의 주인들.

산 정상에 일단의 무리가 모습을 드러냈다.

범상치 않은 기운이 느껴지는 고수 셋이었다.

선하연은 그들을 서늘한 봉목으로 지켜봤다.

모습을 드러낸 세 고수는 선하연과 빙선을 발견하곤 멈춰섰다.

"허송진인, 남궁 대협, 소 대협을 뵙습니다."

야율휘를 보좌하던 탕부가 세 고수를 알아보곤 냉큼 허리를 숙였다.

세 고수는 검각으로 돌아가는 천명과 검을 섞기 위해 나섰던 허송진인, 남궁석, 소오강이었다.

"다행히 야율 소막주는 무사한 것 같구려."

"이분들의 도움 덕분입니다."

탕부는 선하연과 빙선을 가리켰다.

허송진인은 반장의 예를 취하며 선하연과 빙선을 쳐다봤다.

"진인이라시면, 도가에 몸담고 계신 분이신가요?"

선하연은 허송진인의 예에 가벼운 목례로 대신하고 물었다.

"허허허. 무당의 허송이라고 한답니다. 무량수불."

허송진인이 반장의 예를 취했다.

"선하연이에요. 빙궁에서 나왔습니다."

"빙궁! 역시."

허송진인은 고개를 크게 끄덕였다.

자연스럽게 서 있지만 함부로 대할 수 없게 만드는 위엄이 선하연에게서 배어 나오고 있었다.

"두 분을 진즉에 만났다면 동료 둘을 잃지 않아도 될 뻔했소이다."

허송진인이 허허롭게 웃었다.

"과찬이세요. 저희도 애를 먹었답니다. 헌데 기괴한 무공을 사용하더군요. 혹시 어디서 보낸 자들인지 아시는 것이라도 있으신가요?"

선하연은 자연스럽게 인사를 건네곤 곧장 질문을 건넸다.

"저런 흉악한 것들을 만들 무리가 군림회 외에 또 어디 있겠습니까? 머리를 날려야 한다는 것을 좀 더 일찍 알았더라도 두 사람을 잃진 않았을 거외다."

"세 분의 능력이라면 능히 그러셨을 것입니다."

"저희 다섯이 한 일을 두 분께서 해놓으시곤 능력이라니 당치 않습니다. 저분께선……."

허송진인은 아까부터 궁금했던 빙선의 정체를 알고 싶어 일부러 시선을 돌렸다.

"빙궁의 어르신입니다."

"빙궁의?"

허송진인은 빙궁에 남자가, 그것도 어르신이라 불릴 만한 남자가 있다는 사실에 놀란 표정을 지었다.

"어디든 사정은 있는 법이지요."

선하연은 허송진인의 의문을 풀어줄 생각이 없었다.

빙선은 빙궁에서도 아는 사람이 극히 드물 정도로 신비로운 존재이기에 세 고수가 알 수 있을 리 없다는 것을 아는 까닭이다.

"그렇지요. 어디든 사정은 있지요."

허송진은 쓰게 웃으며 남궁석과 소오강을 돌아봤다.

선하연의 한마디는 세 사람의 현재 입장을 여실히 드러나게 해주는 말이었기 때문이다.

아무런 설명 없이 이곳으로 가 살막을 도와라.

이것이 심온에게서 내려온 명령이었다.

당연히 선하연과 빙선이 이곳에 왜 있는지 알 리가 없는 것이다.

"저들의 몸은 언 것 같은데……."

소오강은 언 채로 서 있는 시체를 보며 말을 흐렸다.

산 정상에 도착하자마자 제일 먼저 보인 광경이 머리 없는 시체 세 구와 젖어 있는 주변이었다.

"빙선께서 도움을 주셨습니다."

선하연은 어쩔 수 없이 빙선의 정체를 드러내야 했다.

"오! 빙선! 그리 불리시는구려."

소오강은 빙선이란 말을 듣자 탄성부터 터트렸다.

목 없는 시체 세 구.

그 자체만으로도 빙선의 무공이 경지에 이르러 있음을 느낄 수 있었다.

소오강이 일부러 빙선이란 말에 힘을 주었으나 정작 빙선은 세 사람에겐 시선조차 돌리지 않았다.

"빙선께선……."

소오강은 돌아보지도 않는 빙선을 보며 자존심이 상했으나 저 정도의 고수라면 성격이 괴팍한 것도 이해할 수 있었다.

소오강이 다시 한 번 빙선에 대해 물으려 할 때였다.

"하연아, 이리로."

빙선이 선하연에게 손짓하며 처음으로 말을 꺼냈다.

선하연도 무언가를 느꼈는지 두 호선과 함께 빙선의 곁으로 걸음을 옮겼다.

'뭐지?'

선하연과 빙선의 행동거지에 무언가를 느낀 소오강이 뒤를 돌아봤다.

누군가 올라오는 소리가 들렸다.

꿀꺽.

서서히 모습을 드러내는 일단의 무리.

살막의 무인들이 동료들을 보고 크게 기뻐하며 소리쳤다.

하지만 살막의 무인들을 제외한 사람들은 그들의 행동이나 목소리는 신경도 쓰지 않았다.

오직 한 사람.

왜소한 체구에 은발을 한 노인이지만 너무도 엄청난 존재감을 자연스럽게 드러내는 한 사람.

좌전이 살막의 무인들과 섞여서 느릿한 걸음으로 모습을 드러냈다.

쏴아아아—

칼바람이 강하게 불어왔다.

선하연과 빙선 등 다섯 명의 모든 동작이 멈췄다.

엄청난 긴장감이 삽시간에 산 정상을 얼어붙게 만들었다.

"……."

"……."

좌전과 빙선의 고요한 눈이 서로를 응시했다.

그렇게 한동안 시간이 멈춘 것처럼 정적이 흘렀다.

"험, 와룡문에 몸담고 있는 무당의 허송이란 도인입니다."

허송진인이 침묵을 깨뜨리며 나섰다.

자신의 이름이라면 오랫동안 강호를 떠나 있던 고인이라도 알 것이라 여긴 한마디였다. 허나 좌전과 빙선은 서로를 마주한 채 눈동자조차 돌리지 않았다.

'이런 숨 막힘이라니.'

허송진인은 민망함조차 잊어야 했다.

두 사람 사이에 만들어진 공간으로 인해 저절로 뒷걸음질 쳐야 했기 때문이다.

다급한 마음에 옆을 돌아보니 남궁벽과 소오강 역시 허송 진인과 크게 다를 바 없어 보였다.

와룡문에서 손꼽히는 고수들이 두 사람의 기세에 밀려 물러난 것이다.

'적의가 느껴지지 않는 걸 보면 군림회와는 무관한 분들인데… 어째서 호의를 느낄 수 없지? 이 정도의 무위를 가진 분들이라면 현 강호의 희망이 될 것 같지만 오히려 위협이 될 수도……'

허송진인은 근심 어린 눈을 거두지 못했다.

"빙선이오."

"신선(神仙)이라 해도 믿을 것 같구려. 좌전이오."

빙선이 먼저 말문을 열자 좌전은 반가운 목소리로 말을 받았다.

두 사람 모두 여유로움이 넘쳐 지켜보던 사람들은 아는 사이라 여겨질 정도였다.

'이분이 틀림없이 놈을 움직이신 분인데, 어째서 이토록 가까이 왔는데 멀쩡한 거지?

선하연은 자신의 아랫배에 손을 댔다.

좌전의 존재를 느낀 순간 꿈틀대던 빙정의 기운이 거짓말처럼 잠잠했다.

"또 한 사람이 누군가 했는데, 자네인 모양이군."

좌전이 선하연을 돌아봤다.

선하연이 느꼈듯이 좌전 역시 느끼고 있었던 것이다.

"직접 보니 왜 그리 강렬했는지 알 것 같군. 완전히 흡수하지 못한 상태였던 게야. 올라오는 동안 자네 안에 있는 녀석이 놀라지 않도록 조절을 했으니 괜찮을 걸세."

좌전은 선하연이 자신의 배를 매만지는 모습을 보고 인자한 표정과 함께 설명을 건넸다.

"조절이요? 아! 빙궁의 선하연이라고 합니다."

선하연은 반문하다 좌전이 먼저 말을 건넸다는 것을 깨닫고 빠르게 인사를 건넸다.

"빙궁? 오! 자네가 바로 그 미녀였군."

좌전이 놀란 눈으로 선하연을 쳐다봤다.

"제 얘기를 들으셨나요?"

"명이에게 들었다네."

"명… 이? 아! 천 소협이요?"

"그렇다네."

"그럼 검각!"

"일검지주라고 불린다네."

좌전의 아무렇지도 않게 건넨 이 한마디로 또다시 산 정상은 조용해지고 말았다.

그것도 잠시, 산 정상에 모인 살막의 무인들이 크게 환호했다.

와아아아!

선하연과 좌전의 등장으로 안전해졌다고 믿게 된 모양이다.

"천 소협이 못 푼 문제를 해결하러 오신 건가요?"

선하연은 긴장한 표정을 감추지 않았다.

그 모습에 좌전은 이채를 발했다.

어떻게 그 일을 아는지 묻는 것이다.

"천 소협이 왜 떠나야 했는지 알고 있습니다."

"그랬군."

좌전은 선하연의 대답에 고개를 끄덕였다.

의외의 반응인지라 선하연은 좌전의 말을 기다렸다.

"안 그래도 명이가 그려준 약도로 어찌 찾아가나 걱정했지 뭔가?"

"그 약도가……."

"금가장일세. 안내를 부탁해도 되겠나?"

'검각의 입장에선 천 소협의 일이 창피할 수도 있을 텐데 오히려 부탁을 한다?'

선하연은 좌전의 부탁에 표정을 굳힐 수밖에 없었다.

겉으론 평범해 보이지만 빙선조차 긴장해야 할 고수가 눈앞의 좌전이었다. 그런 고수가 부탁이란 말을 너무도 쉽게 건넨다.

선하연은 한 사람의 얼굴을 떠올리곤 낮게 숨을 내뱉었다.

'무 소협.'

좌전을 금가장으로 안내한다면 무백과 부딪치게 될 것이다.

좌전은 천명과 비교한다는 것 자체가 어불성설일 정도로 강하다. 허나 자신이 거부한다고 해서 금가장을 못 찾을 좌전이 아니잖은가?

"이곳의 수습이 끝나는 대로 함께 가시죠."

"고맙네."

좌전의 얼굴엔 미소가 고스란히 남아 있었다.

第二章 재회

목하진과 비각칠대고수는 강을 건너기도 전에 몸을 날렸
다.

　뭍으로 오른 목하진은 주변을 예리하게 살핀 뒤에야 말문
을 열었다.

　"요요와 반야금강만 나와 함께 움직인다. 나머진 곧 도착
할 지원군을 기다리며 일대를 에워싸도록."

　목하진의 명령에 남게 된 다섯 명은 빠르게 양쪽으로 움직
였다.

　적당한 위치에서 지원군을 기다리려는 것이다.

"가자."

목하진이 먼저 몸을 돌렸다.

요요는 주위도 돌아보지 않고 목하진을 따랐고 반야금강
은 한 번 더 주변을 살핀 후 두 사람의 뒤를 쫓았다.

"가서 뭘 해야 하는 거죠, 각주님?"

요요가 목하진의 곁에 붙으며 물었다.

"독문을 없앤 자가 이곳에 있단다."

"그, 그런 자를 상대로 우리가 뭘 할 수……."

요요는 자신감 없는 말을 꺼내다 슬며시 입을 닫았다.

"찾아봐야지. 영웅령주께서 시킨 일인데 다른 안배가 없을
까."

"없으면요?"

"없으면……."

"……."

"죽어야지."

목하진이 한쪽 입술을 비틀며 웃었다.

"힝. 전 죽기 싫어요."

요요는 콧소리를 내며 고개를 갸웃거렸다.

이럴 사람이 아님을 잘 아는 까닭이다.

목숨을 걸어야 하는 일이라면 정면 돌파보다 다음을 기약
하는 쪽에 가까운 사람이 목하진이다.

그런 사람이 당당히 산을 오르려고 한다.

무언가 복안이 따로 준비되어 있는 것이다.

요요는 피식, 웃고는 목하진에게 더욱 붙었다.

"어? 각주님, 저길 좀 보세요."

목하진에게 다가가던 요요의 눈에 기괴한 광경이 들어왔다.

요요가 돌아본 곳엔 수십 구의 시체가 널려 있었는데, 목하진의 눈에 들어온 시체는 세 구.

"전부 머리가 잘려서 죽었군."

"저들인 것 같습니다, 각주님."

뒤따라오던 반야금강이 냉정한 눈으로 주위를 훑으며 대답했다.

"저들이 살막을 없애기 위해 군림회에서 보낸 자들이라고?"

"입고 있는 옷차림이 그들과 똑같습니다."

그들이란 독문을 멸문시킨 자들이다.

목하진은 세 구의 시체를 유심히 보다 내공을 청력에 집중시켜 소리를 찾았다.

죽은 지 하루, 이틀밖에 안 된 시체들이다.

싸움이 벌써 끝났을 리가 없었다.

'영웅령주께서 아무런 안배도 없이 나를 보냈을 리 없다.

적어도 한 사람은 와 있어야 하는데…….'

목하진의 머릿속에 한 사람의 잘생긴 청년이 떠올랐다. 금 가장에서 말도 안 되는 신위를 보여주어 목하진의 눈에 각인되다시피 한 사람, 무백이었다.

"싸움은 끝난 것 같은데 왜 우릴 보낸 걸까요?"

요요가 맥이 빠진다는 듯 혼잣말을 뱉었다.

"끝난 것 같긴 하구나. 헌데 누가 끝냈을까?"

"예? 그야……."

요요가 대답을 얼버무리며 반야금강을 돌아봤다.

반야금강은 시체들을 쳐다볼 뿐 요요를 도와주지 않았다.

"직접 보기 전엔 모르죠. 각주님, 올라가실 거예요?"

"여기까지 왔는데 확인은 해야지."

"그러다 그들이 우릴 기다리고 있으면요?"

"그가 왔기를 바라야지."

"예?"

마지막 말은 못 들은 요요가 반문했다.

목하진은 귀를 쫑긋거리는 요요의 표정을 보며 서둘러 자리를 떠났다.

'그? 누굴 말하는 거지?'

반야금강은 당연히 철수할 줄 알았던 목하진이 서둘러 산을 오르자 이채를 발하며 쫓아갔다.

퍽!

비각칠대고수 중 한 명인 석재의 눈이 부릅떠졌다.

바스락거리는 소리에 숲을 힐끔 돌아보고 주시하던 강으로 고개를 되돌린 순간, 그 짧은 시간에 누군가가 자신의 심장을 찌르고 지나치고 있었다.

"끄륵."

자신의 무기조차 꺼내지 못한 채 바닥에 얼굴을 때리며 걸어가는 자의 뒷모습을 쳐다봤다.

"움직이는 것은 뭐든 죽인다."

양팔 쭉 펼치며 자연스럽게 섬 주위를 가리키자 그의 몸 안에 있다가 나온 것처럼 십수 명의 인영이 빠르게 좌우로 움직였다.

꿈틀.

쓰러진 석재는 손가락을 움직이려 했으나 이미 심장의 기능이 정지해 뜻대로 움직일 수 없었다.

'각주님, 조심…….'

속으로 건넨 한마디가 그의 마지막 유언이었다.

석재를 죽인 자는 막 숲으로 한 발을 들여놓다 엄청난 속도로 신형을 뒤로 뺐다.

그는 못 볼 것이라도 본 사람처럼 눈을 동그랗게 치뜬 채로 굳어버렸다.

숲에서 잘생긴 청년과 깊은 눈을 가진 노인이 걸어 나왔다.

"군림회에서 보낸 자인가?"

노인이 물었다.

튕겨지듯이 물러선 자는 노인을 노려보며 천천히 허리춤에 찬 검을 잡았다.

"악도, 시간이 없다."

불쑥 청년이 끼어들며 앞으로 나섰다.

검을 쥐던 자는 노인을 쳐다봤다.

청년이 나서자 노인은 싸울 생각이 없는지 팔짱을 꼈다.

"네놈의 어리석음 때문에 살 기회를 버리……."

청년에게 충고를 하려던 자는 말을 끝까지 잇지 못했다.

무언가 그의 몸을 훑는 것 같더니 검을 쥔 팔이 허전해졌기 때문이다.

툭.

익숙한 손이 검을 쥐고 채로 바닥에 떨어졌다.

이어서 피분수가 사방으로 뿜어졌다.

"끄악!"

사내의 비명이 터지자 흩어졌던 일단의 무리들이 모여드는 기척이 들렸다.

"악도, 위에서 보자."

"곧 따라가겠습니다, 무백."

노인, 요풍은 무백의 말이 떨어지자마자 도를 어깨에 멘 채 좌측으로 걸음을 옮겼다.

전에 비해 한층 여유로워진 걸음이었다.

무백은 그 걸음을 보고 돌아섰다.

도울 필요가 없다는 것을 안 것이다.

몇 걸음 옮기지 않았을 때 칠팔 명의 인영이 기세를 뿜으며 다가오는 모습이 보였다.

강가장에서부터 최근 상문하영까지 군림회 세 개 전의 인물들을 모두 만나봤기에 다가오는 자들의 정체를 한눈에 알아볼 수 있었다.

무백은 선공을 하지 않고 그들에게 에워싸였다.

그리고 군림회의 인물들이 무백의 모습을 완전히 가린 순간 거대한 굉음과 함께 인영 하나가 허공으로 솟구쳤다.

꾸— 웅!

섬 아래쪽에서 올라온 소리에 좌전, 빙선, 선하연 등의 시선이 일제히 동굴 밖으로 향했다.

밖에는 라합이 무인들에게 바쁘게 지시를 내리는 모습이 보였다.

"누가 올라오는 모양이군요."

소오강, 남궁석, 허송진인의 시선이 얽혔다.

적이라면 흑포인들의 일을 마무리 지으러 온 것이 분명할 터, 긴장하지 않을 수 없는 것이다.

그런 세 사람의 눈에 두 사람이 들어왔다.

좌전과 빙선.

두 사람은 잠시 밖으로 고개를 돌렸을 뿐 조금의 동요도 없어 보였다.

'벌써 중턱. 빠르다.'

빙선은 굉음이 들린 순간 기감을 펼쳐 올라오는 자의 행적을 추적했다.

한 명이고 엄청난 속도를 유지하는 걸로 봐서 상당한 내력을 가진 고수였다.

"음?"

별다른 반응을 보이지 않던 좌전의 입에서 한마디가 튀어나왔다.

"왜 그러십니까?"

소오강이 빠르게 물었다.

"뭐가 말이오?"

"조금 전에 뭐라고 말씀하신 것 같아서……."

"아니오. 환청을 들은 모양이오."

"……."

소오강은 좌전의 얼버무림에 의심스러운 표정을 지었으나 추궁할 순 없었다.

'환청이라. 상통을 이룬 자인 겐가?'

좌전은 양손으로 자신의 어깨를 주물렀다.

어쩐 일인지 몸이 떨리고 있었다.

도착하지도 않았는데 좌전의 머릿속으로 직접 전해오는 것 같은 이 느낌.

상단전을 열 수 있는 자가 아니면 불가능한 일이다.

힐끗.

빙선을 보니 역시 느끼고 있는 것 같았다.

적어도 올라오는 자가 좌전과 빙선 못지않은 능력의 소유자란 뜻이다.

그때, 빙선이 자리에서 일어났다.

"빙선 어르신, 어딜 가시려고요?"

선하연이 빙선을 부르며 다급하게 일어섰다.

"밖을 좀 살피려 한다."

빙선은 선하연을 돌아보며 대수롭지 않은 표정으로 대답했다. 그 표정만 봐서는 정말로 아무렇지도 않은 것 같았다.

"함께 가세요."

선하연은 해사하게 웃으며 빙선과 나란히 섰다.

"동굴 안에만 있으려니 갑갑하군."

좌전도 자리에서 일어났다.

순간, 동굴 안에 정적이 흘렀다. 마치 빙선과 선하연만으론 안심이 안 된다는 것처럼 보인 까닭이다.

"우리도……."

허송진인이 남궁석과 소오강을 돌아보며 무슨 말인가 하려 하자 소오강이 먼저 움직이며 한마디 건넸다.

"무슨 말이 필요하겠나."

모두 밖으로 나갔을 때, 바삐 움직이던 살막의 무인들이 갑자기 멈춰 서며 한곳을 긴장된 눈으로 응시했다.

"음? 저 사람은……."

허송진인은 모습을 드러낸 인영 셋 중 한 명을 알아보고 아는 척을 했다.

"저 사람을 아시나요?"

선하연이 돌아보며 물었다.

"와룡문 사람이라오."

"그렇군요."

선하연은 고개를 끄덕이면서 곧 세 인영에게서 시선을 떼었다. 빙선이, 좌전이 기다리고 있는 사람은 저들이 아니기 때문이다.

"늦었습니다."

다가온 세 인영 중 유난히 찢어진 눈이 돋보이는 목하진이 인사를 건넸다.

"자네들인 줄 모르고 긴장했지 뭔가? 허허허."

허송진인이 멋쩍은 웃음을 짓자, 목하진은 굳은 표정으로 뒤를 돌아봤다.

"더 올 사람이라도 있는가?"

"혹시 섬 아래에서 난 소리 때문이십니까?"

"음? 자네가 낸 소리가 아니란 말인가?"

"아닙니다. 저도 올라오는 도중에 소리를 들었거든요."

목하진은 대답 후에 주위를 둘러봤다.

선하연과 두 호선은 금가장에서 본 적이 있지만 노인 둘은 처음 보는 얼굴이었다.

"목하진이라고 합니다."

"또 뵙네요."

선하연이 가볍게 고개를 끄덕였다.

"저분들은……."

목하진이 좌전과 빙선을 돌아봤다.

당연히 소개가 이어질 줄 알았던 목하진은 두 노인의 시선을 보고 살짝 미간을 찌푸렸다.

두 노인의 시선은 목하진을 향해 있지도 않았다.

목하진은 그 시선을 쫓아 천천히 돌아섰다.

뒤쪽 공간은 텅 비어 있었다.

'저 두 노인은 보통 고수가 아니다. 진인께서 한 발 물러서 있는 것만 봐도 알 수 있다. 그런 고수들이 긴장하고 있다는 것은⋯⋯.'

목하진은 사람들이 기다리는 자가 올라오며 들은 굉음을 낸 자란 것을 알고 있었다.

바람이 지나가고 사방이 조용해졌을 때였다.

한 사람이 서서히 모습을 드러냈다.

"다, 당신은 십기제군!"

목하진의 입에서 놀란 목소리가 터져 나왔다.

이곳에 무백이 나타날지도 모른다는 말을 듣긴 했지만 실제로 눈앞에서 보게 될 줄은 몰랐던 까닭이다.

'뭐지?'

목하진은 무백을 보며 자신도 모르게 속으로 외쳤다.

이전에 봤던 무백과 지금 눈앞에 있는 무백은 외형적으론 조금도 변함이 없었건만, 목하진은 쉽게 눈을 뗄 수가 없었다.

그런 현상은 목하진뿐만이 아니었다.

무백을 본 모든 사람의 시선이 고정된 채 움직일 줄 몰랐기 때문이다.

유일하게 한 사람만 달랐다.

무백을 발견하자마자 활짝 웃으며 볼에 홍조까지 피우는

여인.

"무 소협."

선하연의 입가에 함박웃음이 번졌다.

"하연아, 네가 아는 사람이더냐?"

빙선은 선하연의 반응에 놀란 눈으로 쳐다봤다.

"예. 잘 알아요."

선하연은 이미 한 걸음 앞으로 움직이고 있었다.

너무도 자연스러운 행동이라 뒤에서 선하연을 보고 있던 사람들은 만류할 생각도 못했다. 아니, 그럴 정신도 없다는 것이 옳았다.

무백이 적이 아니란 사실을 깨닫고 모두들 숨을 길게 토해내기에 바빴기 때문이다.

그러나 한 사람만은 달랐다.

무백이 적이 아님을 알았으면서도 그에게만은 시간이 멈춘 것처럼 꼼짝도 하지 않는 노인.

'저 얼굴… 내가 지금 헛것을 보고 있는 건가?'

좌전은 무백을 보며 굳어졌다.

상단전을 연 뒤로는 거리나 빛의 밝기와 무관하게 사물을 볼 수 있게 됐다.

그런 자신이 하물며 이렇게 환한 대낮에 사람을 잘못 봤을 리가 없잖은가?

'분명 백 년 전에 봤던 그… 의 모습이다.'

어떻게 잊을 수 있단 말인가?

검 한 자루 허리에 차고 검각의 기세 따윈 아무것도 아니란 듯 대사형과의 독대를 청하던 사람을.

그였다.

대사형이 고검을 지닌 채 연공실로 들어갔음에도 멀쩡히 걸어 나왔던 그.

'아니야. 그럴 리가 없어. 그를 본 것이 백 년 전이야. 어찌 이런 일이……'

석상처럼 굳어 있던 좌전의 눈꺼풀이 처음으로 깜빡였다. 그만큼 백 년 전에 봤던 사람과 눈앞의 청년은 닮았다.

그렇다. 닮은 것이다.

좌전의 생각은 분명 그랬다.

하지만 눈을 떼진 못했다.

한순간, 좌전의 눈이 커졌다.

선하연을 바라보던 무백의 동공이 잠시 옆으로 미끄러지 며 좌전의 시선과 마주했기 때문이다.

빙긋.

무백은 좌전과 눈이 마주치자 웃었다.

그 웃음을 본 좌전은 머릿속이 멍해지고 말았다.

마치 자신의 생각을 읽기라도 한 것처럼 느껴진 까닭이다.

"이곳엔 어쩐 일이세요, 무 소… 흡."

선하연은 깜짝 놀란 눈으로 말을 멈춰야 했다.

다가온 무백이 선하연의 손을 잡고는 자신에게로 가볍게 당겼다.

뒤쪽에서 두 호선이 무백을 향해 호통을 치는 소리가 들린다. 허나 선하연은 무백의 품에서 빠져나오려는 어떤 노력도 하지 않았다.

무백이 이곳에 왜 왔는지 지금의 행동 하나로 모든 것이 설명됐기 때문이다.

"다친 곳이 없어 다행이에요."

무백은 선하연을 안은 채 말했다.

"어머, 겨우 그것 때문에 이러신 거예요?"

"겨우? 선 소저가 다치지 않는 것이 얼마나 중요한 일인데……."

"제 뒤에 몇이나 있죠?"

"일곱 명 정도 되는군요."

"호선 두 분도 있죠?"

"있네요."

"그런데도 절 안으신 거예요."

"예."

"아직도 안고 계시고요."

선하연은 말과 달리 무백의 품에서 떨어질 생각은 하지 않았다.

"계속 마음이 쓰였거든요."

"……"

선하연은 볼이 발그레해지며 웃었다.

무백의 진심이 느껴진 까닭이다.

"그런 말도 하실 줄 아세요?"

"다른 것도 할 줄 아는데 참는 겁니다."

"……?"

선하연이 의아한 눈으로 무백을 쳐다보자 무백의 입가에 알 듯 모를 듯 묘한 웃음이 지어졌다.

"아! 뒤에 계신 분들을 소개해 드릴게요."

선하연은 얼른 무백의 품에서 빠져나오며 뒤를 돌아봤다.

"안 그래도 궁금하던 참이에요."

무백은 선하연을 보며 장난스런 표정을 짓고는 뒤쪽으로 시선을 던졌다.

"가면서… 어?"

무백과 함께 움직이려던 선하연의 신형이 멈춰 섰다.

한 걸음 움직였을 뿐인데 무백이 사라지더니 빙선과 좌전의 앞에 나타나는 것이 아닌가?

선하연이 무백에게 다가간 거리는 약 이십여 보.

그 거리를 선하연이 고개를 돌리는 동안 이동한 것이다.

선하연은 멍한 눈으로 무백의 등을 바라봐야 했다.

"무백이라고 합니다."

무백은 좌전과 빙선을 향해 먼저 인사를 건넸다.

"선이 사라졌구려."

빙선은 놀란 표정으로 무백을 쳐다봤다.

북해의 순백으로 가득한 공간에서 칼바람의 궤적까지 꿰뚫어 보던 그가 잠시지간 무백의 신형을 놓친 것이 믿기지 않기 때문이다.

움직임엔 선이 동반되기 마련인데 무백은 이미 그 경지를 넘어선 것이다.

"어느 순간 그렇게 됐습니다."

짧은 무백의 대답에 빙선뿐만 아니라 옆에 있던 좌전 역시 이채를 발했다.

무백이 무슨 말을 하는지 두 사람은 아는 까닭이다.

선이 사라진 경지란, 공간에서 공간으로 자유롭게 이동할 수 있는 경지를 뜻한다. 선하연과 대화를 나누던 무백이 불쑥 두 사람의 앞에 모습을 드러낸 것처럼 말이다.

"저절로?"

빙선은 믿기지 않는 눈으로 무백을 쳐다봤다.

"오랫동안 그렇게 돼야 한다고 바랐던 모양입니다. 아주 오랫동안······."

무백은 잠시 말을 멈추었다.

무덤에서 보낸 백 년의 세월 동안 무백의 몸은 크게 달라져 있었다.

시작은 대설산에서 아홉 번의 탈태(奪胎)를 경험한 것부터 시작됐다.

그 이후로 무백이 의식하지 않아도 아홉 형님의 무공을 펼칠 수 있게 됐으며, 상황에 따라 응용도 가능했다. 마치 원래부터 아홉 형님의 무공을 알고 있던 것처럼.

기억할 순 없지만 간절히 바랐던 것이다.

그를, 진마궁주를 형님들의 희생 없이 혼자서 상대할 수 있기를.

"검각의 일검지주라 하오."

상념에 잠긴 무백에게 좌전이 말을 건넸다.

빙선을 대할 때만큼이나 정중한 말투였다.

"일검지주셨군요."

무백의 표정이 바뀌었다.

"우리가 면식이 있던가요?"

"천 소협 덕분이라고 해두지요."

"명이."

좌전은 그제야 고개를 끄덕였다.

'정말 닮았어.'

대사형의 고검을 가져온 청년.

좌전은 무백이 바로 앞까지 다가오자 놀라움을 숨길 수가 없었다.

강호에 나온 의도대로라면 지금 이 순간 무백을 제압하고 고검을 회수해 검각으로 돌아가야 하지만, 좌전은 손을 움직일 수 없었다.

자연스럽게 서 있는 무백에게서 그 어떤 허점도 발견하지 못했기 때문이다.

'이런 느낌이라니. 이건 마치 제자들이 내게 했던 그 설명과 같잖은가?'

상단전을 열기 전단계의 제자들은 좌전과 같은 공간에 있는 것 자체를 부담스러워했다.

처음엔 그 이유를 몰랐으나 세월이 지나도 마찬가지라 모아놓고 물었다.

"내가 도움을 주려 하거늘 어찌 노력하지 않는 게냐?"

좌전으로선 당연한 질문이었다.

그러자 제자들은 너 나 할 것 없이 대답했다.

"일검지주께서 제 머릿속에 들어와 계시는 것 같아 자꾸만 신경이 쓰입니다. 불편한 건 아닌데……."

말을 흐리는 것까지 똑같았다.

지금, 바로 지금 좌전이 제자들의 말과 똑같은 불편함을 느끼고 있는 것이다.

좌전은 말을 꺼내기 전에 옆을 돌아봤다.

나란히 서 있던 빙선이 선하연에게로 갔다.

빙선과 선하연이 나란히 선 것을 확인한 후에야 좌전은 무백을 돌아봤다.

"그렇다면 이 노구를 이끌고 강호에 나온 이유도 알겠군요."

"고검 때문이겠지요."

"돌려주시겠소?"

"당연히 돌려드려야지요."

"……?"

좌전은 순순히 고검을 돌려주겠다는 무백의 대답에 의아한 표정을 지었다.

"고검의 주인이 될 자격을 갖춘 사람에게 전하겠다고 약조를 했거든요."

"약조? 누구와 말이오?"

좌전의 눈에서 안광이 번득였다.

"고검 장학인."

"……!"

좌전은 주름 가득한 눈가가 한순간에 펴졌다.

너무도 놀라운 이름이 나온 까닭이다.

장학인.

검각의 최고 배분인 자신만이 기억하는 이름이다.

전대 고검지주.

그 이름이 나올 줄이야…….

"누, 누구시오?"

맞느냐고 묻는 것이다.

백 년 전에 장학인과 함께 검각을 떠나던 사람이냐고 묻는 것이다.

무백은 대답 대신 상단전, 중단전, 하단전을 하나로 이었다.

"으으으……."

신음과 같은 소리가 좌전의 입에서 새어나왔다.

몸이 덜덜덜 떨린다.

고검을 완성한 사람만이 알 수 있는 감각이다.

백 년 전, 대사형 장학인이 떠나기 전에 좌전에게 알려주었던 현상이다.

"고검을 완성해서 이 감각이 끊어지지 않도록 해다오."

몸도 완성이 안 된 어린 좌전의 뇌에 직접 심어주었던 감각을 무백이 전해주고 있는 것이다.

"아… 그렇다면 당신은……."

좌전의 눈동자가 일렁였다.

굳이 듣지 않아도 알 수 있게 됐다.

눈앞의 청년처럼 보이는 사람은 백 년 전 사람인 것이다.

좌전이 막 무언가를 물어보려 할 때였다.

"그는 제 일행입니다."

무백이 돌아보지도 않고 누군가에게 말을 건넸다.

그 순간, 신기한 일이 일어났다.

좌전은 돌아보지도 않았는데 올라오는 자의 모습이 선명하게 떠올랐다.

'동조(同調). 이건 분명 동조다. 상중하 삼단전을 모두 열수 있어야…….'

좌전의 생각은 거기서 멈췄다.

무백이 이미 상중하 삼단전을 개방해 자신의 머릿속에 들어와 있는 상태라는 것조차 망각하고 있을 정도로 정신이 없었다.

"다시 보네요, 요 대협."

청량한 목소리가 주위로 퍼졌다.

모습을 드러낸 인영이 요풍임을 알아본 선하연이 일부러 목소리를 크게 낸 것이다.

요풍은 곧장 무백에게로 향했다.

"무백, 늦었습니다."

요풍은 쳐다보는 사람들의 시선 따윈 안중에도 두지 않고 무백에게 다가왔다.

작은 소요가 주위에서 일어났다.

요풍의 정체를 알아본 허송진인 등과 목하진이 경계를 하자 살막의 무인들이 그들의 주위로 모였기 때문이다.

'무백? 주군의 이름을 함부로 부른다고?'

좌전은 요풍의 태도를 이해하기 힘들었다.

"악도라고 합니다. 앞으로 많은 가르침을 내려주세요. 그리 부르라고 제가 시킨 겁니다."

무백이 뜬금없는 소개를 건넸다.

앞으로 많은 가르침을 부탁한다고?

이름을 부르라고 시켰다?

좌전으로선 어리둥절할 수밖에 없었다.

"요풍입니다. 무백께선 악도라 부르시니 그리 부르시면 됩니다."

딱딱한 말투였으나 억지로 하는 모습은 아니었다.

좌전은 난감한 표정으로 무백과 요풍을 번갈아 쳐다봤다.

"가는 동안 모두 말씀드리도록 하지요."

"가는 동안?"

"고검을 회수하려면 금가장으로 가야 하잖습니까."

"그렇긴 하지요. 헌데, 호칭을……."

좌전은 쉽게 말을 이을 수가 없었다.

백 년 전엔 분명 자신보다 연배가 높은 사람이었기 때문이다.

"악도는 저를 무백이라 부릅니다."

많은 설명이 필요 없는 한마디였다.

"저 사람도 모두 아는 모양이군요?"

"악도의 선대 역시 대형과 함께 했던 분이셨습니다."

"대형?"

"모두들 그렇게 불렀습니다. 대형이라고."

"……!"

나직한 무백의 말 한마디가 좌전의 잠잠하기만 하던 심장을 쿡, 건드리고 말았다.

"자세한 얘긴 나중에."

'대사형.'

좌전의 귀엔 무백의 목소리가 들리지 않았다.

그보다는 대사형이 어떤 싸움을 했으며, 그 대상이 누구며, 어떤 죽음을 맞이했는지, 묻고 싶은 질문이 용암처럼 들끓었다.

"세 분, 말씀은 다 나누셨나요?"

선하연이 미소 띤 표정으로 다가왔다.

마음으론 무백 등의 얘기가 끝날 때까지 기다려 주고 싶었으나, 세 사람을 지켜보는 와룡문과 살막의 무인들의 분위기가 썩 좋지 않기에 일부러 나서고 만 것이다.

"이곳에 더 남아 있어야 하나요?"

무백은 선하연을 보자 언제 심각했느냐는 표정을 지으며 물었다.

"아니요. 생각 같아서는 야율 소협이 완쾌될 때까지 남고 싶지만, 제가 아니더라도 도와줄 분들이 많네요. 금가장으로 돌아가려고요."

"잘됐네요."

"무 소협도 금가장으로 가세요?"

선하연은 반색을 하며 물었다.

"제가 금가장에 맡겨놓은 물건이 있거든요. 주인이 나타나셨으니 돌려드려야지요."

"아! 그……."

선하연의 시선이 곧장 좌전에게로 향했다.

고검에 대한 얘기임을 깨달은 것이다.

"일이 잘 풀리신 것 같아 다행이에요, 어르신."

선하연은 좌전과 눈이 마주치자 인사를 건넸다.

"자네 덕분일세."

좌전은 허허, 웃으며 선하연의 인사를 받았다.

"무 소협, 잠시 얘기 좀 할 수 있을까요?"

"......?"

무백이 의아한 표정을 짓자 선하연은 무백의 소매를 슬그머니 손가락 두 개로 잡고는 한쪽으로 몇 걸음 움직였다.

"와룡문 사람들이 무 소협을 보는 눈이 왜 그래요?"

"보는 눈?"

무백이 돌아보려 하자 선하연은 재빨리 소매를 잡아끌었다.

"경계하고 있잖아요."

"경계?"

"저 얼굴 네모난 자가 와룡문에서 나온 세 분에게 뭐라고 하니까 그때부터 모두 무 소협만 주시하고 있다고요."

"흠."

무백은 그제야 선하연이 무슨 말을 하는지 이해할 수 있다는 듯 고개를 주억거렸다.

와룡문이 내민 손을 거부했다는 말을 전한 것이다.

"이곳으로 오기 전에 와룡문에 들렀어요."

"예? 와룡문이요? 거긴 왜요?"

"심 대협에게 물어볼 말이 있어서 들렀는데……."

"그랬는데요?"

"와룡문과 함께하자고 하더군요."

"하, 함께? 무 소협과요?"

선하연의 눈이 동그래졌다.

"그 때문에 저를 좋아하지 않는 것 같군요."

"거절하셨군요?"

"저는 그들과 가는 길이 달라요."

무백은 한 번의 죽음을 겪은 뒤 깨달았다.

강호는 어느 한 사람의 죽음으로 바뀔 수 있는 곳이 아니란
것을.

백 년 전에는 진마궁주만 죽이면 강호를 짓누르는 암운이
걷힐 거라 믿었다. 이십 대 청년의 피 끓는 정의감 때문일 것
이다.

그러나 백 년이 지나 보게 된 강호는 이전과 전혀 달라진
것이 없었다. 정의맹 자리에 와룡문이, 진마궁 자리에 군림회
가 이름만 바꿔서 앉아 있었다.

선하연은 무엇으로도 깨뜨릴 수 없는 굳은 의지를 무백의
눈에서 읽었다.

그 어떤 상황에서도 흔들리지 않을 정심함이 그 안에 담겨 있었다.

'어떻게 이런 사람을 좋아하지 않을 수 있냐고.'

선하연은 자신도 모르게 배시시 웃음 지었다.

"아가씨!"

어디선가 몽글몽글 피어나려는 좋은 분위기를 깨뜨리는 소리가 들려왔다.

"음?"

선하연이 놀란 눈으로 옆을 돌아보자 두 호선이 눈을 가늘 게 뜬 채 서 있었다.

선하연은 뜨악, 한 표정으로 딴청을 부리다 얼른 자리를 떴 다. 유모와 같은 두 호선이니 선하연의 표정만 보고도 어떤 상황인지 짐작한 것이다.

第三章
제자리로

살막의 생존자들을 데리고 귀환 중.

서찰을 받아 든 심온의 표정이 어두웠다.

당연히 '비육'이라고 적혔어야 할 자리에 목하진의 이름
이 있었기 때문이다.

"어찌하실 생각이십니까?"

주봉은 심온의 표정을 읽고 조심스럽게 물었다.

"돌려줘야지."

심온의 목소리가 가라앉았다.

주봉은 그 목소리에 담긴 분노를 느끼며 이어질 말을 기다렸다.

"놈들이 내 눈을 제거했으니 나도 똑같이 해줘야지."

"놈들의 눈이라면……."

"주 각주, 나머지 비위들을 감시하도록 지시하게."

"예? 그들을 누가……."

"우리가 놈들의 눈을 찾는 줄 알면 지하로 숨을 걸세. 비위들에겐 내가 따로 지시를 내려놓을 테니 진행하게."

"령주님, 문제가 있습니다."

"문제?"

"그들의 눈을 찾았다고 해도 처리할 능력이 있어야 하는데 그런 고수를 저들이 모를 리가 없잖습니까?"

"그건 걱정할 것 없네. 진벽군을 투입시킬 테니까."

"진벽군?"

'누구도 그들을 죽인 자가 누군지 알아내지 못한다. 일을 완수한순간… 죽을 테니까.'

심온은 가급적 진벽군들을 투입시키지 않을 생각이었다. 진벽군이야말로 와룡문의 전신인 영웅맹의 잔재이기 때문이다.

*　　　*　　　*

푸드덕.

전서구 한 마리가 날아와 주름진 손에 앉았다.

주름진 손은 다리에 묶인 푸른색 쪽지를 푼 뒤 전서구를 새장 안에 넣었다.

"역시 심온이군."

혈뇌 곡대연은 빈 새장들을 보며 웃었다.

사흘도 안 됐는데 심온의 측근에 붙여놓은 자들에게서 연락이 두절됐다.

"예상은 했지만 이렇게 빠르게 반응할 줄은 몰랐으이. 그만큼 와룡문의 사정이 안 좋아졌다는 겐가?"

곡대연은 혼잣말을 하면서 즐거운 표정을 감추지 않았다.

싸움이란 이런 것이다.

상대의 수를 읽고 그 수에 맞춰 적절한 대응을 할 수 있어야 되는 것이다.

"야괴(夜怪), 심어둔 자들을 제거하려면 꽤나 공들였을 텐데 어떤 자들이라고 하느냐? 구파? 오대세가?"

곡대연이 허공에 대고 물었다.

주인 잃은 새장을 보는 순간 이미 낌새를 눈치채고 조사를 시킨 뒤였다.

"처음 보는 자들이었습니다."

허공에서 나직한 음성이 들려왔다.

은신술을 극한까지 익혀 그늘이 존재하는 한 어떤 공간이든 숨을 수 있도록 훈련받은 자로, 곡대연의 개인 호위 중 한 명이었다.

"음?"

"얼굴 가죽을 벗겨 와 보여줬는데 알아보는 사람이 한 명도 없었습니다."

"이름도 알려지지 않은 자들이 내가 심어둔 자들을 처리했다고?"

"외부에 알리지 않은 자들을 따로 양성했던 것 같습니다."

"나이 대는?"

"예?"

"내가 심어둔 눈들을 죽인 자들의 나이 대."

"천차만별이었습니다."

"천차만별? 인피면구가 아니라?"

"인피면구는 아니었습니다. 이상한 점은……."

"뭐냐?"

"죽은 지 얼마 안 됐는데 죽은 자들의 피부가 마른 나무껍질 같았습니다."

"……."

곡대연은 잠시 고민하는 표정을 지었다가 이내 고개를 끄덕였다.

"잠력대법을 사용한 자들이로구나!"

"조치를 취하겠습니다."

"아니, 아니. 그럴 필요 없다."

"허면……."

"심온의 수족들을 감시하고 있는 자들을 모두 철수시켜라."

"…존명."

야괴의 대답이 살짝 늦었다.

"살막의 떨거지들을 제거하라고 보낸 십팔마 중 아홉과 뒤처리 조가 한 명도 돌아오지 않았다. 모두 죽은 게지."

곡대연은 빈 새장 중 하나를 보다 짧게 혀를 찼다.

"왜 그리 살막에 신경을 쓰는 걸까? 십팔마 중 아홉을 처리할 정도의 고수들까지 보내면서 말이야. 뭐, 그만 하면 충분하겠지. 살막의 본거지가 사라진 이상 소기의 목적은 달성한 것이나 다름없지."

곡대연의 입가에 득의의 웃음이 걸렸다.

지금 내린 결정으로 심온은 군림회의 동태를 파악하기 위해 천지사방으로 노력을 하겠지만, 결국 아무것도 얻지 못한다.

준비하고 있는 것이 있어야 얻을 게 아닌가?

"이제부터 오십 년 동안 준비해 온 계획을 하나씩 풀어보자꾸나. 심온, 곧 알게 될 것이다. 그 어떤 방법으로도 회주님의 강호군림을 막을 수 없음을."

곡대연의 웃음이 더욱 짙어졌다.

군림회주 탁무정이 오늘이나 내일 중으로 귀환한다.

일인군단이라 해도 모자람이 없는 능력을 가진 분이며, 곡대연이 머릿속에 만들어놓은 세계를 현실로 옮겨줄 분이다.

강호군림은 시간문제일 뿐이다.

백 년 전, 진마궁주는 진마묵천강을 완성했으나 마성에 빠져 적아를 구별 못하고 무차별 살인을 저질렀다고 한다.

곡대연은 그 일에 대해 철저히 조사를 했다.

당시 진마궁주는 모든 것을 이룬 사람이었다.

더 올라갈 곳이 없다 여긴 것이다.

허무는 곧 고독을 불러 일으켰고 진마궁주의 의식을 갉아먹었다.

'회주님께서 아무리 강해진다고 해도 북두제검주를 이길 수 없다. 존재하지 않는 자를 무슨 수로 이길 수 있단 말인가?'

곡대연이 탁무정을 신뢰하는 이유였다.

천상천하 유아독존이었던 진마궁주를 겪었으나, 백 년 동안 단 한 번도 흔적조차 드러내지 않던 자.

탁무정은 북두제검주를 기다리고 있었다.

진마궁주를 죽이기 위해 모인 결사대 열 명이 모두 죽었다는 것을 모르기에, 당사자가 죽은 이상 북두제검의 후예는 나타나지 않음을 모르기에 할 수 있는 생각이었다.

오랫동안 곡대연은 탁무정의 머릿속에 한 가지 지상 과제를 심어놓았다. 북두제검주를 꺾어야만 진정한 마(魔)의 주인이라는.

진마궁주가 이겨내지 못한 마성을 제어하기 위한 하나의 방책이었다. 마성이란 결국 스스로가 만들어 놓은 허상일 뿐이다.

곡대연은 그렇게 믿고 있었다.

그렇기에 웃을 수 있는 것이다.

북두제검주는 세상에 존재하지 않기에.

탁무정이 꺾을 대상이 존재하지 않기에.

곡대연의 믿음이었다.

                    *   *   *

강바람이 일으킨 물살과 배가 부딪친다.

철썩— 처얼썩—

요란한 소리와 함께 터진 포말이 솟구쳐 사람들을 덮쳤다.

무거운 얼굴로 뒷짐 진 채 허송진인은 앞만 바라보고 있었다.

"십기제군. 그 사람이 십기제군일 줄이야."

낮은 음성이 허송진인의 입술을 비집고 흘러나왔다.

무백이 나타난 순간부터 빙선과 좌전의 시선은 무백에게로 고정됐다.

자신과 두 도우가 간신히 처리했던 흑포인들을 두 고수는 가볍게 목을 잘라냈다고 한다. 그런 두 고수가 젊은 청년 한 명의 등장에 긴장한 표정을 감추지 않은 것이다.

궁금증이 극에 달할 때, 목하진이 다가와 무백의 정체에 대해 말해주었다.

"군림회 십마 중 한 명인 상문하영을 단신으로 제압한 고수가 바로 저 사람입니다."

"그가 그럼……."

"예, 십기제군이 바로 저 사람입니다."

허송진인은 목하진의 대답에 반색을 하며 좋아하려 했으나, 이어진 설명에 표정을 굳힐 수밖에 없었다.

"영웅령주님이 저 사람을 영입하려 했으나 거절했다고 합니다."

"어째서 말인가?"

"이유는 영웅령주님만 아시겠지요."

"허!"

목하진과의 대화를 떠올리던 허송진인의 입에서 탄식이 길게 흘러나왔다.

몇 번을 생각해도 아쉬운 까닭이다.

"지나간 배에 대고 손 흔들어봐야 소용없소, 진인."

남궁벽이 말을 마치곤 입술을 일자로 굳게 닫았다.

"그렇긴 하오만 때가 때이질 않소."

"문주님과 영웅령주님을 믿어야겠지요."

남궁벽의 눈에도 근심이 어렸다.

오랜 세월 강호와 함께 살아온 자신들이지만 군림회는 개인이 상대할 수 있는 세력이 아니었다.

"십기제군이란 자는, 제 한 몸 지키겠다고 무고한 생명들을 외면한 잡니다. 신경 쓸 위인이 못 됩니다."

남궁벽은 완고한 말투로 단정 지었다.

"아! 목 각주, 그는 수소문이 안 되오?"

허송진인이 무언가 떠올랐는지 뒤를 돌아보며 목하진을 찾았다.

배 한켠에 목하진이 요요와 함께 있었다.

목하진은 허송진인과 눈이 마주치자 천천히 다가왔다.

"부르셨습니까?"

"그 말이오, 그."

"그?"

"왜, 얼마 전 난주에서 군림회의 무리들을 물리쳐 사람들이 영웅시한다던 사람 말이오."

"……."

"비각에선 그 사람을 모르시오?"

"…알지요."

허송진인이 찾는 자가 누군지 목하진이 모를 리 없었다.

"그곳으로 누구를 보냈다고 하던데, 돌아가는 즉시 영웅령주님께 천거를 해야겠군."

"그러실 필요 없습니다, 진인."

"음?"

"세 분께선 이미 그를 만나보셨습니다."

"우리가?"

"말씀하신 영웅이 바로 십기제군입니다."

"그런……."

허송진인은 깜짝 놀랐으나 무언가 의아함이 남은 듯 고개를 갸웃거리곤 말을 이었다.

"난주의 영웅은 권을 사용한다고 들은 것 같네만?"

"맞습니다. 십기제군은 난주에선 권을 사용했고, 칠마부를 없앨 땐 도를 사용했으며, 금가장에서 요풍과 대결할 땐 또 다른 무공을 사용하더군요. 그래서 십기제군이란 별호가 붙은 모양입니다."

"그런 고수를 어째서 그동안 방치한 것이요?"

"진인, 그를 방치한 것이 아니라… 자세한 얘긴 문에 도착해서 들으시지요."

목하진은 설명을 해주고 싶었으나 무백과 관련된 일은 심온이 직접 관련되어 있기에 입을 다물 수밖에 없었다.

"영웅령주님과 관련된 것인가?"

"……."

목하진은 긍정도 부정도 하지 않았다.

"그래도 살막을 도와주러 온 것을 보면 아직 희망이 있을지도……."

허송진인이 흘리듯 혼잣말을 했다.

'그럴 일은 결코 없을 겁니다.'

다른 사람이라면 허송진인처럼 생각할 수도 있겠지만 목하진은 누구보다 심온을 잘 안다고 자부하는 사람이었다.

그 심온이 무백을 포기했다.

어떤 술수도 통하지 않을 것 같은 거대한 벽을 두르고 있는 것 같은 사람.

섬 정상에 모습을 드러낸 이후 한 번도 눈을 마주치지 않았음에도 목하진은 지금까지 긴장을 늦출 수 없었다.

천하의 목하진이 지레 겁을 먹은 것이다.

'처음 봤을 때보다 강해졌다. 도대체 당신은 정체가 뭐요, 십기제군?'

목하진의 시선이 뒤로 돌아갔다.

무백이 사라진 방향이었다.

*   *   *

무백과 선하연이 섬을 떠난 지 이틀이 지났다.

선하연은 와룡문을 따라 가겠다는 살막의 선택이 아쉬웠는지 자꾸만 얘기를 꺼냈다.

"그건 그들의 선택이에요."

선하연이 살막 얘기를 꺼낼 때마다 무백은 담담하게 대답을 해주었다.

"그래서 더 아쉬운지도 모르겠어요. 나만 볼 수 있는 하늘이 저기 있는데 왜 굳이……."

선하연은 선실 벽에 등지고 앉아 있다 일어나며 하늘을 올려다봤다.

사패 중 두 곳의 하늘이 사라진 것 같아 아쉬운 것이다.

그런 선하연을 두어 걸음 떨어진 곳에선 두 호선이 지켜보고 있었다.

푸른 하늘엔 하얀 점들이 몽글거리며 피어나고 있었다.

"그건 그렇고, 무 소협은 앞으로 뭘 하실 거예요?"

선하연이 불쑥 물었다.

"앞으로요? 글쎄요."

무백은 선하연의 질문에 웃고 말았다.

어떤 시점의 앞으로란 말일까?

일 년 남짓한 시간 동안 해온 일들을 선하연은 모두 알고 있는 것일까?

무엇을 해왔던 것일까?

생각이 많아졌다.

그러나 결론은 너무도 쉬웠다.

"할 일을 해야겠죠."

"그러니까요. 그게 뭔데요?"

"오래전, 잠들기 전에 결심했던 일들이에요."

"오래전이요?"

"아주 오래전이요."

대답을 한 무백은 웃었다.

백 년 전이라고 하면 놀랄 것이다.

선하연이 위험에 처했다는 말을 듣자마자 오로지 의창으

로 가는 길만 생각하며 달려왔다.

딱히 부정하진 않았으나 줄곧 선하연을 마음에 담고 있었던 것이 분명하다.

마음에 담은 사람에게는 솔직해야 한다.

그러나 백 년 전 결의형제를 맺은 아홉 의형님과 자신에 대한 얘기를 어디서부터 꺼내야 할지 막막하기만 한 무백이었다.

무백의 눈에 많은 생각이 담긴 채 선하연을 향했다.

"왜 웃어요? 제가 조금 전에 무 소협이 한 말을 곧이곧대로 들었을까 봐 그러는 거예요?"

선하연은 무백이 농담을 건넸다고 여긴 모양이다.

무백은 의아한 표정을 지은 채 아무런 대답도 하지 않았다.

"저도 어릴 때 꿈이란 걸 꿔본 사람이라고요."

"누구나……."

"잠들기 전에 다짐해요. 잠에서 깨어나면 빙공을 완성한 저를 사부님께서 칭찬해 주시는 모습을요. 또, 병이 갑자기 나아서 빙판을 제 힘으로 미끄러지는 모습도요."

선하연은 괴로웠을 어린 시절의 이야기를 스스럼없이 꺼내놓았다.

누구나 꿈은 꾼다고 말하려던 무백의 말이 입 안으로 쏙 들어가고 말았다.

"제 꿈은 한 가지예요. 열 가문의 후예들과 함께 지내는 것."

"……."

선하연은 금가장에서 지내며 금율에게 이러저러한 말들을 들었기에 무백의 말을 이해할 수 있었다.

"금 장주님, 민이, 진진이, 그리고 저기 요 대협도 그 열 가문과 관련이 있는 건가요?"

선하연의 질문에 무백은 천천히 고개를 끄덕여 주었다.

"이제 한 가문이 더 추가된 거죠?"

선하연이 이번엔 좌전을 쳐다봤다.

섬 정상에서 일검지주와 심각한 얘기를 나누던 무백의 모습을 떠올린 것이다.

이번 질문에도 무백은 빙긋 웃는 것으로 대답을 대신했다.

"세상에… 짐작은 했지만 검각이 그중 한 곳이라니. 도대체 어떤 가문들이었던 거예요?"

선하연은 혀를 내둘렀다.

금가장과 강민, 구진진에 요풍, 검각까지.

무백이 말하는 열 가문이 모이면 엄청난 세력이 되기 때문이다.

선하연은 무백이 대답도 하기 전에 다시 말을 이었다.

"그렇잖아요. 사패 중 한 곳이 무 소협이 말하는 열 가문

중 하나? 예전에 그럴 정도의 세력이 존재하긴 했나요? 이건 마치 한 뿌리에서 나온 형제 열 명이 흩어진 것 같잖아요."

말을 마친 선하연은 자신의 생각이 그럴듯했는지 고개까지 끄덕였다.

"한 뿌리? 그럴 수도 있겠네요."

아홉 의형의 무공이 무백의 몸에 심어져 있었다.

금율, 강민, 구진진, 단극, 요풍, 좌전.

무공을 익힌 시기는 다르지만 모두 무백을 만난 후에야 진정한 가문의 무공을 익히게 됐다.

"그럴 수도 있다고요? 어딘데요? 그 뿌리가 어디에 있는데요?"

"선 소저 눈앞에 있잖아요."

무백은 태연히 손으로 자신을 가리켰다.

"예? 풋."

선하연은 어이없다는 듯 실소를 터트렸다.

어울리지 않게 무백이 농담을 건넸다고 여긴 까닭이다.

그 또한 무백에겐 나쁘지 않았다.

"그 얘긴 나중으로 미루죠. 오늘은 두 분이 함께 오시네요."

"......?"

선하연은 고개를 돌려 앞을 봤다.

지금까지 미동도 않던 좌전과 빙선이 다가오고 있었다.

'어제 같은 일을 또 하시려는 건가?'

선하연은 좌전과 빙선의 행동이 궁금했으나 두 호선과 선미로 움직였다.

어제, 무백은 좌전과 마주앉아 한참을 가부좌 튼 상태로 앉아만 있었다.

갑작스런 상황에 둘이 비무라도 하는 줄 알고 선하연은 긴장한 채 배를 보호하려 했으나, 두 사람 사이엔 아무런 충돌도 일어나지 않았다.

'싸우는 것은 아니야. 저 정도의 고수들 셋이 기를 드러냈다면 이놈도 가만히 있었을 리가 없으니까.'

선하연이 자신의 배를 슬쩍 매만졌다.

아무런 반응이 없었다.

그러나 자리에 가부좌를 틀고 앉은 빙선의 마음은 달랐다.

'진정 저 사람이 좌 대협에게 가르침을 줄 정도인가?'

빙선은 무백을 빤히 쳐다봤다.

무백과 좌전의 행동에 대해 궁금해하다 조금 전에야 물어볼 수 있었다.

좌전은 어제 일에 대해 아주 간단히 설명해 주었다.

"빙선께서도 같이 해보시지요. 제겐 큰 도움이 됐답니다."

좌전은 그 말 외엔 아무런 설명도 해주지 않았다.

빙선은 좌전을 처음 본 순간 어느 정도의 무위를 지녔는지 가늠하지 못했다. 그것 하나만으로도 좌전의 능력이 능히 빙선보다 높다는 것을 알 수 있었다.

그런 고수가 무백과 마주앉아 있었을 뿐인데 도움을 받았다고 한다.

당연히 동참하지 않고는 못 배긴 것이다.

―제 목소리가 들리십니까?

'음?'

빙선은 깜짝 놀라 눈을 크게 치떴다.

무백의 목소리를 귀로 들은 것이 아니라 머릿속으로 들었기 때문이다.

―들리시는군요. 편안히 눈을 감고 제가 이끄는 대로 따라오십시오.

'이 무슨……'

빙선은 놀란 눈으로 좌전을 쳐다봤다.

―제가 무백께 어떤 도움을 받았는지 궁금하다면서요. 경계를 풀고 따라와 보세요.

빙선의 눈이 더욱 커졌다.

좌전의 늙수그레한 목소리가 머릿속에 들린 것도 있지만,

무백에 대한 호칭 때문이다.

'무, 무백께?'

―저보다 십 년은 더 오래 사셨으니 당연한 일입니다.

'십 년을 더 오래… 살았다고? 이 청년이?'

빙선은 무백에게서 시선을 떼지 못했다.

아무리 봐도 이십 대 청년 그 이상으로는 보이지 않았다.
간혹 탈태환골하여 젊어진 무인도 있지만 눈앞의 무백처럼
치아까지 젊을 순 없었다.

―궁금한 것이 많을 겁니다. 자, 제가 자리를 마련할 테니
눈을 감으시지요.

무백이 이번에도 눈을 감으라고 한다.

빙선은 다시 한 번 좌전을 돌아봤으나 좌전은 이미 눈을 감
은 상태였다.

빙선이 눈을 감은 뒤 촌각도 지나지 않았을 때였다.

툭.

'……!'

빙선은 몸 안을 휘돌던 피의 흐름이 어느 한순간 뚝 끊어지
며 눈앞이 환해지는 것을 느꼈다.

'분명 눈을 감았건만 이 무슨 조화인가?'

빙선의 눈에 사방이 빛으로 가득한 공간이 펼쳐졌다.

출렁이는 강물도 느껴지지 않았고 주변에 있던 사람들의

기척도 느껴지지 않았다.

선하연과 두 호선은 갑자기 굳어버린 세 사람을 유심히 바라보며 고개를 갸웃거렸다.

"아가씨, 무엇을 하는 걸까요?"

진 호선이 의심스런 눈으로 무백을 쏘아보며 물었다.

"저도 잘 모르겠어요. 심상수련(心相修練)이긴 한 것 같은데……."

"심상수련이라면 혼자서 해야 하는 것 아닙니까, 아가씨?"

이번엔 양 호선이 물었다.

"그래서 모르겠다고 한 거예요."

선하연이 미간을 살짝 찌푸리며 짧게 숨을 토해냈다.

"대화를 하는 중이오."

배 선실 위에서 나직한 목소리가 흘러나왔다.

요풍이 팔짱을 낀 채 앉아 있었다.

"대화라니요, 요 대협?"

"제 눈엔 그렇게 보이는군요."

요풍은 말을 마치곤 시선을 주위로 돌렸다.

배에 오른 뒤 처음으로 목소리를 낸 요풍이었다.

묻는다고 대답해 줄 사람이 아니었다.

'대화? 무 소협은 정말이지 알면 알수록 모를 사람이야.'

무백은 선하연의 곁에 있음에도 끊임없이 신경 쓰도록 만드는 사람이다. 하지만 그것이 선하연은 조금도 귀찮지 않았다. 오히려 좀 더 알아볼 수 있는 시간이 늘어난 것을 좋아했다.

배시시 미소 짓는 선하연의 얼굴을 본 모양이다.

"아가씨."

진 호선이 눈을 내리깔며 선하연을 불렀다.

"예? 불렀어요, 진 호선?"

"그렇게 좋으세요?"

불쑥, 양 호선이 나섰다.

선하연은 대답하지 못하고 멍한 눈으로 양 호선을 쳐다봤다.

"양 호선, 그 무슨 말인가?"

"진 호선, 남녀 사이가 막는다고 떨어지던가? 우리가 아가씨를 한두 해 모셔? 나는 아가씨께서 무 소협을 보는 얼굴이 보기 좋네."

양 호선이 환하게 웃으며 선하연의 편을 들었다.

"무, 무 소협?"

진 호선이 쌍심지를 켜며 기가 막힌 표정을 지었다.

"쉿. 요 대협의 말을 빌자면 세 분이 지금 대화를 나누신다잖아요. 조용히, 쉿."

선하연이 호통을 치려는 진 호선의 말문을 막으며 고개를 좌우로 흔들었다.

"아, 아가씨."

진 호선의 목소리가 누그러졌다.

"양 호선, 많이 티 났어요?"

"…많이요."

"무 소협도 아시려나?"

"그러니 이곳까지 달려온 거겠죠."

양 호선은 순순히 대답해 주었다.

"제가 금가장에 간 첫날……."

선하연은 양 호선의 호응이 고마웠는지 무백과의 첫 만남부터 얘기를 꺼내기 시작했다.

"보기 좋군."

주변을 경계하던 요풍의 입에서 툭, 한마디가 흘러나왔다.

사랑이란 감정을 평생 동안 느껴보지 못한 요풍에게 선하연의 행동은 낯설기 그지없었으나, 나쁘진 않았다.

'복수만 아니었다면 나도 한 번쯤은…….'

요풍의 시선이 무심코 하늘로 올라갔다.

*　　*　　*

톡. 톡. 톡.

규칙적인 소리를 내며 심온의 손가락이 탁자를 두드렸다.

스스로에게 문제를 제시하고 그것이 풀리면 두드리는 것이다.

"아무리 들켰다고 해도 유리한 고지에 먼저 발을 디뎌놓고 한순간에 사라진다? 혈뇌가 그런 번거로움을 자초할 사람인가?"

스스로에게 던진 질문이다.

벌써 몇 번째 여기서 막히고 있다.

"어째서 군림회의 눈들이 갑자기 사라진 것이지?"

심온의 입에서 다시 질문이 흘러나왔다.

옆에서 지켜보던 주봉은 몇 번이나 끼어들고 싶어 입을 열었으나 목소리를 내진 못했다. 심온의 상념을 방해할까 봐 참는 것이다.

"주 각주, 말해보게. 눈들이 죽었는데도 어째서 혈뇌가 아무런 대응을 하지 않는 거지?"

"이제야 물어봐 주시는군요."

주봉의 입가에 웃음이 담겼다.

"짚이는 바가 있는가?"

"있지요. 영웅령주님께서 생각에 잠겨 계신 동안 꽤 쓸 만한 서찰들이 도착해 있었습니다."

"쓸 만한 서찰? 그런 게 있으면 진즉에 보고를 했어야지.
어디 있나?"

심온의 질책에 웃음을 머금었던 주봉의 표정이 해쓱해지
더니 급히 책상 위에서 두루마리와 서찰을 꺼내 왔다.

"이게 뭔가?"

심온은 주봉이 한 아름 안고 온 더미를 보며 인상을 찌푸렸
다.

"이 안의 모든 내용을 분석한 결과, 한 가지 결과를 도출할
수 있었습니다."

"요점만."

"현재, 군림회 각 지부들이 저희 쪽과의 마찰을 피하고 있
다고 합니다. 비위들에게 붙어 있던 눈들을 제거한 뒤의 일이
지요."

"이미 알고 있는 사실이잖은가?"

"제가 말씀드리고자 하는 것은 순서입니다."

"순서?"

"대응을 멈춘 순서 말입니다."

"……?"

"군림회 본진에서 가장 가까운 곳에 있던 군림회 잠양 지
부가 가장 늦게 반응을 보였다고 합니다. 그 시작은 섬서 북
단입니다."

"섬서 북단?"

"그 위쪽에 살막의 본거지가 있지요."

"살막!"

"영웅령주님께서 내린 명령이 강호 전역에 동시다발로 퍼졌으나 군림회의 대응에는 순서가 있었다는 뜻입니다."

"……."

심온의 눈에 이채가 번득였다.

주봉이 하고 싶은 말이 무엇인지 알게 된 까닭이다.

"군림회주가 귀환했구나."

"역시!"

주봉은 엄지를 치켜들었다.

심온은 자리에서 일어나며 손가락 끝으로 탁자의 표면을 긁었다.

'이건 마치 긴 암굴을 걸을 때 뒤에서부터 불이 하나씩 차근차근 꺼지는 것 같은 느낌인걸? 완전한 어둠이 곧 암굴 전체를 뒤덮을… 설마!'

심온의 동작이 멈췄다.

"영웅……."

"당장 전 지부에 알려서 군림회의 지부들을 공격하라고 지시하게."

"예? 전면전을 펼치란 말씀이십니까?"

"아니."

"허면 그 명령은 무엇인지요?"

"공격 명령을 내린 이유가 있네. 첫째, 앞으로 있을 싸움에 미리 대처하자는 뜻이네. 둘째, 적이 웅크린다고 내버려 두면 동굴 어느 깊이지 숨었는지 모르잖은가. 그걸 알아보려는 것이네. 셋째, 이것이 진정한 이유지. 그들이 동굴에서 나오면 곧장 포획할 수 있도록 준비할 시간을 가늠하려고 하네."

심온은 빠르게 말을 마치곤 곧장 방을 나서려 했다.

"령주님, 어딜 가십니까?"

"문주님께 보고해야지. 와룡문 내의 무인들은 물론 구파의 무인들도 필요하다면 동원해도 무방하네."

심온은 주봉의 대답도 듣지 않고 방을 나섰다.

주봉은 문이 닫히자마자 급히 탁자에 앉아 서찰을 작성하기 시작했다.

심온의 명령을 적으려는 것이다.

쿵.

문주전의 문이 거칠게 닫혔다.

심온은 들어서자마자 태사의에 앉아 있는 적우강을 향해 포권을 취했다.

"문주님, 영웅령주입니다."

"오셨소?"

"상의드릴 일이 있습니다."

"후후후. 영웅령주, 앞으론 굳이 수고스럽게 내려올 것 없소. 무슨 일인지 내용만 보내도록 하시오."

"……."

심온은 적우강의 빈정거림에 담긴 적의를 읽고서 정색을 했다.

"화난 것 아니니 그런 표정 지을 것 없소, 령주."

"다급한 일이 생겨 미처……."

"말했잖소. 화난 것 아니오. 지금 와룡문의 주도권을 쥐고 있는 사람은 영웅령주요. 주도권을 쥔 이상 그에 맞는 태도를 취하시오."

적우강은 옆에 놓아둔 은잔을 들어 입술을 축였다.

"군림회주가 귀환했습니다."

"…헌데?"

"곧 행동을 취할 것입니다."

"……."

"풀을 건드리면 뱀이 놀라겠지만 사람이 있음을 알리는 효과도 있습니다. 구파의 무인들과 오대세가의 무인들로 하여금 군림회의 지부들을 칠 생각입니다."

"다시 말하지만, 령주 마음대로 하시오."

적우강은 싸늘한 눈으로 심온을 돌아봤다.

감정이라곤 찾아볼 수 없는 무미건조한 눈빛이었다.

더 얘기를 해봐야 의미가 없는 것이다.

"문주님의 뜻이 그렇다면 따르지요."

심온 역시 감정 섞이지 않은 목소리로 대답한 후 돌아섰다.

텅.

문주전의 문이 닫히고 적막이 찾아왔다.

잔을 들어 입술을 축이던 적우강의 손이 한순간 멈췄다.

쾅!

적우강의 손을 떠난 잔이 탁자에 박히며 굉음을 냈다.

또르륵.

잔에 담겨 있던 술이 흘러 바닥으로 떨어졌다.

"허수아비… 쿡쿡."

적우강의 입술을 비집고 웃음이 흘러나왔다.

전대문주를 볼 때마다 떠올랐던 모습이 어느샌가 자신에게로 옮겨온 것 같은 것이다.

정파의 정점인 와룡문의 문주전, 그것도 태사의에 앉아 있건만 그의 뜻대로 되는 것은 하나도 존재하지 않았다.

第四章

불길한 징조

사박.

멀리서도 또렷이 들리는 소리.

잘 닦인 대리석 바닥에 신발이 닿으며 내는 마찰음이다.

붉은 문사건을 쓴 노인과 흑의를 입은 십 인은 소리가 커질수록 긴장감에 표정이 굳어갔다.

혈뇌 곡대연과 십마.

그들은 군림회의 주인인 탁무정이 모습을 드러내길 기다리고 있었다.

탁무정을 본 사람도 있고 처음 보는 사람도 있지만 모두의 눈엔 두려움이 가득했다.

"회주님을 뵙습니다."

곡대연이 먼저 허리를 숙였다.

"십마가 회주님을 뵙습니다."

드드드―

십 인이 일제히 뿜어낸 기운에 창이며 문들이 흔들렸다.

'멈췄다.'

탐려는 고개를 숙인 채 눈동자를 굴렸다.

소리는 더 이상 들리지 않는데 엄청난 시간이 지날수록 자신의 어깨를 짓누르는 압박은 커져가는 것 같았다.

"드시지요."

곡대연의 목소리가 들리고 나서야 탐려의 어깨를 짓누르던 압박감이 사라졌다.

그제야 탐려는 허리를 펴려 했다.

"마마궁."

짧은 머리털이 탐려 쪽으로 돌아섰다.

탈혼정 각문이 기겁한 눈으로 고개를 흔들었다.

그 모습은 십마대전에서 봤을 때와 전혀 달랐다.

겁먹은 눈빛에 바짝 긴장한 모습.

탐려가 분란을 일으키기라도 할까 봐 극도로 예민해져 있는 표정이었다.

다른 여덟 명의 모습도 각문과 크게 다르지 않았다.

그 한 가지로 탐려는 어떻게 대처해야 하는지 깨달을 수 있었다.

대전 안으로 들어간 십마는 각자의 자리를 찾아 앉았다.

시선은 앞쪽만을 향했고 양쪽으로는 눈동자도 돌리지 않았다.

탐려는 가장 말석에 앉았다.

탁무정을 실제로 본 적이 없어 몇 번이나 고개를 돌려보려했지만 분위기가 그것을 허락하지 않았다.

"회주님, 무사히 돌아오셔서 감사드립니다."

곡대연의 목소리가 대전을 울렸다.

"이들은 십마전에 속한 자들입니다. 회주님의 귀환을 축하드리고자 찾아왔습니다."

이번에도 곡대연의 목소리만 들렸다.

"십마."

혼잣말이었을 것이다.

탐려의 귀로 탁무정이라 여겨지는 목소리가 잠깐 흘러나온 것 같았다.

"맞습니다. 이들이 십마입니다."

곡대연이 탁무정의 말을 받아 대답했다.

"익숙해."

"예?"

"십 년 전인가 본 것 같은데······."

"정확하십니다."

"그대로야."

"······!"

곡대연의 표정이 해쓱해졌다.

탁무정은 아무렇지도 않게 한 말이었으나 그 말속에 포함된 의미를 알기에 곡대연은 바짝 긴장된 표정을 짓고 말았다.

오싹한 한기가 곡대연의 등골을 쭉 타고 올라온다.

'위험하다.'

탁무정과 떨어져 있어서인지 십마들은 표정에는 아무런 변화가 없었다.

곡대연이 눈동자를 옆으로 돌려 탁무정의 표정을 살폈다.

'누굴 보고 계시는 거지?'

곡대연은 탁무정의 시선을 따라갔다.

'마마궁?'

변하지 않은 얼굴 때문에 본다?

말이 되질 않았다.

이미 십마를 보는 순간 탁무정은 개개인의 모든 것을 꿰뚫어 보았을 것이기 때문이다.

그런데도 탐려를 본다는 것을······.

한순간 곡대연의 눈이 부릅떠졌다.

"너."

탁무정의 손이 곡대연의 눈앞으로 쭉 뻗었다.

십마 중 누구도 대답하는 사람은 없었다.

"마, 마마궁, 회주님께서 부르시네. 자리에서 일어나시게."

곡대연이 나섰다.

"예? 예! 마, 마마궁 탐려라 하옵니다!"

탐려는 곡대연의 말을 듣고서야 벌떡 일어났다.

"처음 보는 얼굴이야. 너도 십마 중 하나인가?"

억양이라곤 조금도 담겨 있지 않는 느긋한 목소리가 탁무정의 입에서 흘러나왔다.

"그, 그렇습니다. 얼마 전⋯⋯."

"전에 있던 자는 죽었나?"

탁무정은 탐려의 말을 끝까지 듣지 않고 곡대연을 돌아보며 물었다.

"상문하영은 임무를 수행하다 죽었습니다. 그 자리를 마마궁이⋯⋯."

"말, 말, 말. 말이 너무 많아. 혈뇌."

"예, 말씀하십시오."

"이자들이 죽으면 곤란한가?"

"무, 무슨⋯⋯."

곡대연이 당황한 표정으로 탁무정을 돌아봤다.

"이들은 혈뇌에게 필요한 자들이지, 내게 필요한 자들이 아니란 말이네. 특히, 저건."

탁무정은 마지막 말을 마치곤 아직 어정쩡하게 서 있는 탐려를 쳐다봤다.

단지 본 것뿐인데 대전 안의 분위기가 삽시간에 무겁게 가라앉았다.

탁무정이 무엇을 할 생각인지 곡대연과 구마는 본능적으로 알아챘기 때문이다.

아무것도 모르는 탐려만이 분위기를 파악하려 다른 구마의 표정을 살피고 있었다.

"회, 회주……."

곡대연이 만류하려 입을 열려 할 때였다.

눈앞에 있던 탁무정의 신형이 갑자기 수십, 수백의 환영으로 늘어나며 회의 탁자 끝에 앉아 있던 탐려의 목을 쥔 채 허공에 떠 있었다.

"컥."

탐려는 무슨 일인지 모르고 있다 갑자기 숨이 막혀오자 눈이 휘둥그레지며 발버둥을 쳤다.

"넌, 너무 약해. 내게 약한 건 필요 없다."

뚝—

군림회 무인들이라면 누구나 꿈꾸는 십마대전의 한 자리를 차지하게 됐다고 얼마나 좋아했는지 몰랐다. 허나 세상을 모두 가졌다고 여겼던 시간은 불과 며칠에 지나지 않았다.

고오오―

대전 안에 적막이 감돌았다.

탐려가 방심해서 당한 것이 아니다.

그 누구라도 방금 전과 같은 상황을 당하면 막을 수 없음을 아는 까닭이다.

"강해져라. 다음에 볼 때, 적어도 지금보단 강해져야 한다."

탐려의 거죽뿐인 몸이 탁무정의 손에서 풀려났다.

탁무정은 그 자세 그대로 아무런 예비 동작 없이 탁자를 미끄러져 대전을 나섰다.

"회주님!"

곡대연은 구마에게 손짓으로 탐려의 시체를 치우라는 시늉을 하곤 곧장 탁무정의 뒤를 쫓아갔다.

"이, 이건……."

"백 년 전의 저주가 아니고선……."

"우……."

구마들은 순간적으로 쏟아낸 엄청난 양의 땀을 소매로 훔치며 저마다 한마디씩 꺼냈다.

다음엔 누가 죽게 될지 모른다.

죽음도 불사하고 이 자리를 지켜야 하는가?

구마의 시선이 서로를 바라보며 얽혔다.

탁무정의 행동은 일반적인 범주를 벗어나 있었다.

"회주님, 마마궁을 왜 죽이신 겁니까?"

곡대연은 탁무정의 처소인 구중천에 들어서자마자 물었다.

곡대연으로선 당연한 질문이었으나 탁무정은 그것이 마음에 들지 않았던 모양이다.

"왜? 지금 내게 따지는 건가?"

"……!"

곡대연은 돌아보는 탁무정의 시선이 싸늘하기 이를 데 없자 급히 고개를 숙였다.

독문과 살막을 제거하겠다며 떠날 때와는 완전히 달라진 모습이었다.

"이유라면 이미 말했던 것 같은데?"

"……?"

"그들은 너무 약해."

탁무정이 말하는 '그들' 은 십마였다.

곡대연은 탁무정의 말을 듣는 순간 소름이 등골을 타고 올라왔다.

사파십대고수가 약하다면 어느 정도 강해져야 탁무정이 인정할 수 있단 말인가?

"회주님껜 군림회란 거대한 세력이 있습니다. 사소한 일들을 처리하는 데 회주님의 손을 더럽힐 필요는 없습니다."

"거대한 세력?"

"십마… 아니, 이젠 구마가 된 저들이 와룡문의 떨거지들을 처리할 것입니다. 회주님께선 와룡문주와 삼전의 전주들만 처리하시면 되도록……."

"후후후."

탁무정은 곡대연의 말을 듣다 말고 웃었다.

"제가 무슨 실수라도……."

"내가 왜 그런 걸 신경 써야 하지?"

"그들은 적입니다."

"적. 와룡문 따위가 어떻게 내 적이 될 수 있나, 혈뇌? 그들은 십팔마만 보내도 죽일 수 있다."

"회주님, 세력과 세력의 대결은 결코 몇몇의 무공만으로 이루어지는 것이 아님을 잘 아시잖습니까?"

"그건 혈뇌가 알아서 해."

"예?"

"와룡문 말이야."

"와룡문을 제가 알아서 하라니요? 무슨 말씀이신지……."

"내겐 와룡문과의 싸움보다 더 중요한 일이 있다. 그것을 끝낼 생각이다."

'북두제검주!'

곡대연은 탁무정의 말이 끝나기도 전에 한 사람의 이름이 떠올랐다.

몇십 년에 걸쳐 그 이름을 주입시켜 온 사람이 자신인 것은 맞지만, 그 말을 지금, 강호일통을 눈앞에 둔 시점에서 들을 줄은 상상도 하지 못한 것이다.

"나는 내 싸움을 할 테니, 혈뇌는 혈뇌의 싸움을 해."

"회, 회주님!"

"애초에 나는 강호 따위… 욕심도 없었다."

텅!

탁무정이 근육으로 툭 불거진 자신의 왼쪽 가슴을 때렸다.

"여길 뛰게 만드는 건 오직 하나. 북두제검주뿐이다."

'아…….'

곡대연은 하마터면 탄식을 입 밖으로 내보낼 뻔했다.

이 중요한 시기에 북두제검주라니…….

탁무정은 할 말 다 했으면 그만 나가보라는 듯 곡대연의 망연자실한 얼굴을 빤히 쳐다봤다.

"이, 이만 물러가겠습니다."

탁무정은 곡대연의 인사도 받지 않고 시선을 허공으로 돌렸다.

오랫동안 밖에서 지낸 탓에 잠시 고집을 부리려는 것일까?

대전의 문이 완전히 닫힌 후 곡대연은 뒤를 돌아봤다. 그동안 자신이 보좌해 왔던 군림회주 탁무정이 저 안에 있는 사람과 동일 인물인지 잠시 헛갈렸기 때문이다.

'큰일이다.'

곡대연의 발걸음이 빨라졌다.

탁무정은 탁무정의 길을 갈 테니, 자신에겐 자신의 길을 가라?

태어나 지금까지 들었던 말 중 가장 공포스러운 말이었다.

군림회는 탁무정 때문에 생긴 세력이다. 헌데 조금 전에 한 탁무정의 말은 그 자체를 부정하겠다는 뜻이 아닌가?

대책을 세워야 했다.

오십 년을 준비해 온 거사가 시작도 되기 전에 불길한 징조에 휩싸인 것이다.

퉁—

대전 문이 닫히자 탁무정이 자리에서 일어났다.

사방에 촛불이 빛을 밝히고 있어 환한 대전.

빙그르 일어난 자리에서 한 바퀴 돈 탁무정은 좌측 손을 저었다. 바람이 일더니 좌측의 모든 촛불이 흰머리를 풀며 고개를 숙였고, 우측도 마찬가지가 됐다.

대전 창문을 통해 한 겹 건넌 빛이 희미하게 형태만 보이게
했다.

"밝은 건 나갔을 때만. 너희는 시킨 대로 움직여라. 귀찮은
자들이 이곳에 얼씬거리지 못하게."

탁무정의 말이 끝나자 대전 창문에 흐릿한 그림자들이 지
나가며 흔적을 남겼다.

탁무정의 수족이나 다름없는 십팔마란 자들이다.

인원은 열여덟이 아니지만 탁무정의 주위엔 언제나 열여
덟으로 존재하는 자들.

개개인의 무공이 짐마전의 간부들과 견주어도 손색이 없
는 자들이었다.

대전 안엔 이제 탁무정 혼자만이 남아 있었다.

탁무정은 어둡고 적막한 공간과 하나가 되어 모습을 감추
었다. 그것은 마치 대전 안으로 스며들던 빛을 모두 삼킨 것
처럼 보였다.

그때, 태사의 뒤쪽에서 영롱한 빛이 일어났다.

"오랜만이다. 주인 잃은 지 백 년이 지났는데도 네 자태는
여전하구나."

탁무정은 벽면을 연 채 눈앞에 누워 있는 한 자루 검을 바
라보고 있었다.

북두제검.

백 년 전 진마궁주의 이마에 꽂혀 있던 북두제검주의 검.

"네게 내 잠이 달려 있다. 벌써 몇십 년째 새벽마다 눈 뜨는 것이 두렵거든. 눈을 뜨면 내 의지와 상관없이 몸 안을 돌아다니는 놈들이 명령을 내리지. 손가락 마디마디마다, 혈맥 하나하나마다 들어앉아 오라고 하거든. 혈뇌는 내가 네 주인을 넘어야 한다는 것 때문에 나간 줄 아는데… 그게 아니라 내 안에 아직도 돌아다니는 이놈들 때문이다."

탁무정은 북두제검에 보이기라도 할 것처럼 팔소매를 걷어붙였다.

불끈거리며 일어나는 핏줄들.

"이놈들과 약조를 했다. 네 주인을 죽일 테니 나를 가만히 놔두라고. 곧 그리 된다, 곧."

진마묵천강을 익히면 자연스럽게 일어나는 현상이건만, 탁무정은 그것을 부정하고 싶었던 모양이다.

존재하지 않을지도 모르는 북두제검주에 대한 자기 암시였다. 북두제검주를 죽여야 진마묵천강이 완성된다는.

텅—

벽면이 닫히며 영롱하던 북두제검의 빛도 사라지고 말았다.

　　　　　＊　　　＊　　　＊

　거리를 지나는 사람들이 힐끗거리며 옆을 돌아봤다.

　아름답다는 말이 모자랄 지경의 미인과 절세미장부가 담
소를 주고받으며 걷는 모습은 가히 신계에 와 있는 듯 보였기
때문이다.

　두 남녀의 뒤로는 두 명의 노파와 세 명의 노인이 따르고
있었다.

　몇몇 강호와 인연이 있는 사람들은 두 남녀보다 뒤따르는
노인들을 유심히 살피기 바빴다.

　"고수들 아니야?"

　"내가 한때 벽성문에서 지냈잖아."

　"근데?"

　"고수야."

　"그치? 누굴까?"

　"엄청난 고수는 분명한데……."

　"그런데?"

　"누군지 모르겠단 말이지."

　천으로 이곳저곳을 기운 흔적이 역력한 옷을 입은 두 장한
은 고개를 갸웃거렸다.

　"혹시 군림회 사람들 아녀?"

옆에서 두 장한의 얘기를 듣던 퉁퉁한 사십 대 여인이 기겁을 하며 말했다.

벽성문 출신이라 말한 장한의 눈이 뱁새눈으로 변하며 여인을 돌아봤다.

"쉿. 그러다 정말로 군림회 분들이면 어쩌려고 그러슈?"

"어머나."

여인은 급히 입을 막으며 노인들 쪽을 쳐다봤다.

그때, 노인 중 주름이 많은 쪽이 여인을 향해 고개를 돌렸다.

입을 막고 있던 여인의 숨까지 멈추었고 아울러 여인에게 경고했던 두 장한 역시 석상이 된 듯 굳어버리고 말았다.

빙긋.

여인과 눈이 마주친 노인은 웃으며 지나쳤다.

사방에서 숨소리가 동시다발적으로 흘러나왔다.

자신들을 본 줄 알고 놀란 것이다.

사람들의 한숨 소리가 동시에 들리자 선남선녀가 뒤를 돌아봤다.

"오!"

사방에서 탄성이 터져 나왔다.

노인이 돌아봤을 때와는 완전히 반응이 달랐다.

"좌 대협, 앞으론 많이 웃으셔야 할 것 같습니다. 덕분에 무백께서 주목을 받으시는군요."

빙선이 웃으며 좌전을 돌아봤다.

나름대로는 좌전을 위로하기 위한 말이었다.

"무백께서 원하신다면야 얼마든지 그럴 의향이 있습니다."

좌전은 빙선의 말을 조금도 신경 쓰지 않는 듯 웃음으로 넘겼다.

의창에서 호주까진 뱃길로 이동했고 내리자마자 곧장 이곳 광안(廣安)을 향해 움직였다. 이곳에 금룡표국의 지부 중 한 곳이 있기 때문이다.

"초행이라면서 금룡표국 사람들이 어디 있는지 아세요, 무소협? 이렇게 무작정 갈 것이 아니라 사람들에게 물어보는 편이 낫지 않나요?"

선하연은 주위의 시선이 썩 내키지 않았다.

한 번도 이런 식으로 거리를 다녀본 적이 없는 까닭이다.

"안 그래도 그럴 생각이에요. 요기 좀 하면서 물어보면 직접 안내도 해주지 않을까요?"

무백이 한곳을 가리켰다.

삼 층으로 지어진 주루인데 각 창문마다 사람들의 모습이 보이는 걸로 봐서 꽤나 유명한 곳인 것 같았다.

"좋은 생각이세요."

선하연은 양손으로 볼을 만지며 좋아했다.

맛있는 음식도 음식이지만 열흘 가까이 씻은 기억이 없었다.

"처음 보는 자들인데……."

군중들에 섞여 눈빛을 교환하는 몇몇이 나직한 어조로 대화를 나눴다.

꾸부정한 어깨와 유난히 마른 다리를 가진 자가 한마디 하자 엉성한 자세로 주위에 서 있던 예닐곱 명의 사내가 머리를 긁어댔다.

"이 근방에선 한 번도 본 적 없는 자들입니다."

"사람들이 환영해 주는 것도 아닌데 알아서 쫙 갈라지네요."

"저 연놈들은 정말 잘났네요. 쩝. 조장님, 삼군께선 지부에 가셨으니 저희가 처리하면 안 될까요?"

마지막 말을 꺼낸 사내의 말이 조장이란 자의 인상을 일그러뜨리고 말았다.

그의 무공은 겨우 이류 수준 정도밖에 안 되지만 나이 오십 가까이 군림회에 몸담고 있을 수 있었던 이유는 눈치 때문이다.

눈이 달렸으면서도 장님처럼 말하는 부하들의 말이 답답

할 수밖에 없는 것이다.

"이 등신들아, 저 멀끔하게 생긴 연놈의 얼굴만 보이고 그 뒤의 노인네들은 안 보이냐?"

"노인네들이요?"

"딱 보면 몰라? 엄청 고수잖아!"

"그런가요?"

"일단은 삼군께 연락을 취해야겠다. 우리 선에서 처리할 수 있는 자들이 아니야."

말을 마친 조장이란 자는 서둘러 군웅들 사이를 빠져나가기 시작했다.

그런 그를 본 사람이 있다는 것은 꿈에도 모른 채.

"안 오시나?"

주루로 들어서기 전에 좌전이 뒤를 돌아보며 요풍을 불렀다.

요풍은 어딘가를 보고 있었다.

"내버려 두게. 자네가 들은 것을 무백께서 못 들으셨을라고. 알고 싶은 것이 있으신 게야."

좌전은 요풍이 무슨 생각을 하는지 알기라도 하는 것처럼 한마디 흘리고는 주루 안으로 들어갔다.

좌전의 뒷모습을 지켜보는 요풍의 눈이 깊어졌다.

'셋으로 늘어난 건가?'

요풍이 좌전과 빙선, 두 사람과 보낸 시간은 열흘 정도도 되지 않았다.

처음 봤을 때도 상당한 격차가 느껴지는 고수들이었으나 이제는 격차라는 말이 무색할 정도로 멀어진 느낌이다.

무백이 두 사람에게 도움을 준 것이다.

요풍 스스로 자신보다 고수라 인정한 두 사람에게.

좌전과 빙선은 이미 요풍이 경험하지 못한 경지에 오른 모양이다.

눈이 깊어진 이유는 그 때문이다.

모를 땐 지나칠 수 있지만 직접 본 이상, 요풍 역시 그 경지에 오르고 싶어진 것이다.

사람들이 몰려 있는 거리를 빠져나온 조장은 골목 안을 살피곤 소매에서 무언가를 꺼내 입으로 가져갔다.

삐이익—

날카로운 소리가 골목 안에 풀어지자 굽어진 길들을 빠르게 지나 막힌 문을 두드렸다.

빼꼼.

문에 난 구멍 사이로 눈동자가 나타났다.

잠시 후 문 위쪽에서 호각 소리가 퍼졌다.

조장은 소리를 듣자마자 골목 안으로 들어가 눈동자가 보였던 문으로 들어갔다.

문은 곧바로 지하로 이어져 있었다.

썩은 내 가득한 지하 통로를 지나자 계단이 나왔고 위로 올라가니 화사한 꽃들이 가득한 화원이 모습을 드러냈다.

그 중앙, 노파 한 명이 쪼그리고 앉아 연신 손을 놀리는 중이었다.

"대모, 수상한 자들이 나타났습니다."

"수상한 자? 와룡문에서 보낸 자들인가?"

대모라 불린 노파는 손질하던 채로 물었다.

"그걸 잘……."

"음?"

조장의 어눌한 대답이 의외였는지 노파는 손을 멈추고 자리에서 일어났다.

"놈들에 대한 정보가 전무합니다."

"알아보는 사람도 없고?"

"예."

"그들 중 한 명도 알아보는 사람이 없다고?"

대모라 불린 노파의 눈빛이 날카롭게 변했다.

"해서, 대모께 찾아온 것입니다."

"그들은 지금 어디에 있느냐?"

"자화루(紫花樓)로 들어갔습니다."

"하필."

여랑은 혀를 찼다.

자화루는 그녀가 각별히 아끼는 곳이기에 부서질 것을 걱정하는 것이다.

자화루주는 다년간의 주루 운영을 통해 나름 눈치 하나는 자신 있었다. 항시 삼 층에서 창밖으로 거리를 내다보는 이유도 그 때문이다.

"뭐지?"

길에서 평소엔 볼 수 없는 상황이 벌어지고 있었다.

웅성거리며 자기 갈 길만 가던 사람들이 약속이나 한 것처럼 동시에 멈춰 서서 고개를 돌리는 것이 아닌가?

이런 경우는 한 가지 외엔 없었다.

대단한 손님이 자화루로 향하고 있다는 것이다.

자화루주의 발걸음이 빨라졌다.

빠르게 계단을 내려와 이 층 난간에 서서 입구를 유심히 지켜보다 한 무리의 손님이 들어오는 것을 보고 누군가에게 손짓을 했다.

주루 일 층을 총괄하고 있는 피양은 루주의 손짓을 보자마자 곧장 입구로 시선을 돌렸고 들어오는 선남선녀와 노인들을 볼 수 있었다.

피양은 부리나케 달려가 그들을 맞이해 주며 자리를 안내했다.

그 모습을 본 루주는 고개를 끄덕이며 삼 층 자신의 방으로 올라갔다. 나머진 피양의 몫이기 때문이다.

계단을 오르는 루주의 입가에 미소가 피었다.

저들 중 유명세를 떨치는 인물이 분명 있을 것이다.

위에서 내려다봐서 얼굴을 제대로 보진 못했으나 여인의 경우, 꽤나 값나가는 비단을 입고 있었다.

강호인이든 상계 쪽이든 상관없었다.

저들이 이곳 자화루에 머물렀다는 것만 외부로 퍼뜨릴 수 있으면 된다.

자신의 방으로 돌아간 루주는 여유롭게 차를 따라 마시며 습관적으로 창밖을 내려다봤다.

"흐익!"

거리에 낯익은 얼굴이 보였다.

광안, 수녕, 대죽까지 군림회에 들어간 삼군의 부하 중 대관이란 자가 분명했다.

루주의 머리가 빠르게 돌아갔다.

처음 보는 얼굴의 손님들이 들어서자마자 저들이 나타났다?

딸캉.

루주의 손에 들렸던 찻잔이 떨어지며 받침대와 부딪쳐 소리를 냈다.

이곳에서 싸움이 벌어지면 가장 큰 손해를 입는 쪽은 루주 자신이기에 말리려는 것이다.

"자화루를 찾아주셔서 감사합니다. 필요한 것이 있으시면 언제든 저 피양을 찾아주십시오."

피양은 루주가 직접 지시를 내린 손님이기에 자신이 할 수 있는 최고의 예우를 다했다.

"금룡표국의 지부가 어디 있느냐?"

피양의 친절한 인사에 굵고 나직한 목소리가 대답 대신 들려왔다.

피양은 목소리가 들린 곳으로 고개를 돌리다 그대로 굳고 말았다.

깊숙한 눈과 커다란 등치.

요풍을 본 것만으로 피양은 겁을 집어먹었다.

"서, 서쪽으로 반나절 거리에 마장을 하던 곳이 있는데… 그곳이 얼마 전부터 표국의 지부가 됐다고 들은 것 같습… 니다. 아! 가본 적도 있습니다. 풍경이 아주 끝내주는……."

피양은 자신이 무슨 말을 하는지 전혀 알지 못했다.

무슨 말이든 해야 할 것 같아 나오는 대로 떠드는 중인 것이다.

"됐다."

"예? 예!"

피양은 주문도 받지 않고 자리를 뜨려 했으나 요풍의 삭막한 말이 멈추게 만들었다.

"여기서 가장 잘하는 것으로 가져와라."

"아! 예! 예!"

피양은 제자리에 서서 이러지도 저러지도 못하고 대답만 해댔다.

그런 피양을 무백 등이 일제히 돌아봤다.

절룩. 절룩.

피양은 빠르게 움직이려 했지만 발이 말을 듣지 않았다.

"서쪽으로 반나절이면 한 시진 남짓 걸리겠네요. 헌데, 갑자기 왜 다들……."

선하연은 의아한 표정으로 주위를 둘러봤다.

식사를 하던 사람들이 하나둘씩 어정쩡한 자세로 일어나더니 입구로 빠르게 달려가기 시작했기 때문이다.

"저들 때문인 것 같소."

요풍이 입구 쪽을 보며 입을 열었다.

별말도 아닌데 요풍이 입을 여니 분위기가 한층 더 가라앉왔다.

입구엔 십여 명의 무리가 도검을 차고 서 있었다.

꽤나 익숙한 일인지 주루를 빠져나가는 자들의 등짝을 때리는 자들도 눈에 띄었다.

뺨에 긴 검상 자국이 있는 큰 키의 사내가 다른 자들보다 한 뼘은 길어 보이는 장도를 허리에 차고서 천천히 무백이 앉아 있는 자리로 다가왔다.

"한 번만 묻는다. 와룡문 소속이냐?"

사내는 이 질문을 수도 없이 해봤기에 나올 대답을 잘 알고 있었다.

무공을 익힌 자들이라면 무기를 빼 들 것이고 상단 쪽 인물들이라면 돈으로 흥정하려 할 것이다.

적어도 사내의 경험으로는 그랬다. 눈을 두어 번 깜빡일 동안 아무런 반응을 보이지 않는 자는 없었으니까.

그러나 이번엔 달랐다. 황당하게도 탁자에 앉은 자들은 젊은 남녀는 물론 나이 든 노인들까지 누구 한 사람 사내를 돌아보지 않았다.

"이것들……."

사내의 입에서 거친 말이 쏟아지려는 찰나, 한 사람이 고개를 옆으로 돌렸고 사내는 입을 벌린 채 그대로 굳고 말았다.

돌아본 노인의 시선이 사내의 눈을 파고드는 것 같았기 때문이다.

'고수다!'

대모로부터 들어서 고수들임은 알고 있었지만 시선이 마주친 것만으로 심장이 쪼그라들 것 같은 정도일 줄은 몰랐던 것이다.

"악도, 그럴 것 없다."

무백이 자리에서 일어나려는 요풍을 막았다. 그리고는 사람 좋은 웃음과 함께 사내에게 말을 이었다.

"우린 와룡문 사람들이 아니오. 조용히 식사만 마치면 갈 것이니 무리하지 않는 게 어떻겠소?"

"시, 식사만… 마, 말이오? 그, 그 저, 정도라면……."

사내는 자신도 모르게 말은 더듬고 몸은 사시나무처럼 떨었다.

머릿속엔 온통 빨리 돌아서서 부하들과 함께 자화루를 떠나고 싶다는 생각뿐이었다. 분위기상 그래도 될 것 같은데 어찌된 일인지 몸이 말을 듣지 않았다.

"하하하! 어서 오십시오, 규 대협. 서로 아시는 사이인 줄 몰랐습니다."

자화루주가 계단을 내려오며 빠르게 말을 꺼냈다.

"오! 루, 루주!"

사내는 자화루주를 향해 돌아서며 활짝 웃었다.

몸도 그런 사내의 마음을 이해했는지 더 이상 굳어 있지 않았다.

돌아선 사내는 자화루주를 향해 두어 걸음 내디딘 후 나직이 한숨을 내쉬곤 재빨리 부하들이 있는 주루입구로 향했다.

"저, 저분들께선 식사만 하고 돌아가신다니 잘 대접해 주시게. 그럼 우린 이만 가네."

사내는 손짓으로만 무백이 앉은 탁자를 가리키고는 나타났을 때와는 비교도 안 되는 움직임으로 주루에서 모습을 감췄다.

"예? 아, 예……."

자화루주는 싸움이 일어나지 않아 다행이라 여기는 한편, 평소에 알던 사내의 모습이 아니라 고개를 갸웃거렸다.

"루주신가요?"

자화루주가 멀뚱하니 서 있을 때 무백이 불렀다.

"예? 아, 예! 제가 백 년 전통을 자랑하는 자화루의 주인입니다."

자화루주는 포동포동 살 오른 볼을 흔들며 무백의 탁자로 갔다.

"다른 쪽 사람들은 왜 오질 않죠?"

"예? 다른 쪽… 이라시면…….."

"와룡문 사람들은 근처에 없나요?"

"아… 그게…….."

자화루주는 무백의 태연자약한 대답에 할 말을 잃고 말았다. 그에겐 군림회든 와룡문이든 언급할 수 없는 곳들인 까닭이다.

"물어볼 것이 있소."

무백은 자화루주를 향해 담담히 웃었다.

'해코지하려 묻는 건 분명 아닌데… 왜 이렇게 식은땀이 나지?'

자화루주는 등짝에 달라붙은 옷을 떼어내며 머리를 굴렸다.

무백 등이 군림회와 무관한 것이야 눈으로 봤지만 와룡문과의 관계에 대해선 전혀 모르는 탓이다.

"아까 온 사람들이 마치 이곳이 자신들의 영역인 양 당당해서 물어본 것이오."

"아! 거야 당연하지요. 광안뿐만 아니라 이 근방은 삼군의 영역입니다요."

"삼군?"

"성마전급의 고수들로, 잔인하기 이를 데가… 시, 실력이 대단하여 구파에서도 부딪치길 꺼려하는 자들입니다."

"세 명이란 뜻인가?"

"불이 나오는 다리를 가졌다는 화각(火角), 번쩍임이 일어나면 반드시 한 명이 죽는다는 일섬(一閃), 물속에선 염왕도 죽일 수 있다는 수마(水魔). 이렇게 삼군이라고 불립니다."

"성마전."

무백은 고개를 끄덕였다.

강가장에서 만났던 자들이 성마전 소속이라고 했던 것이 기억난 것이다.

"무 소협, 대단한 자들인가요?"

선하연이 궁금한 표정으로 물었다.

"성마전에 들지도 못한 자들이 대단할 리 없지요."

대답은 무백이 아닌 요풍에게서 나왔다.

혈뇌의 제자인 둥재를 알고 있는 요풍이기에 할 수 있는 말이었다.

그러나 선하연과 요풍의 대화를 들은 자화루주는 심장이 멈추는 충격을 받아야 했다.

'사, 삼군을… 서, 성마전에 들지도 못한… 이, 이분들은 대체 누구기에…….'

자화루주는 이어질 말을 고대하며 눈도 깜빡이지 않고 눈동자만 움직여 선하연과 요풍을 쳐다봤다.

"무백, 더 물어보실 말이 남으셨습니까?"

'컥! 스, 습니까? 지, 지금 저 무시무시한 자가 저 청년에게 조, 존댓말을……'

자화루주의 시선이 급히 무백에게로 향했다.

아무리 봐도 선하연과 마찬가지로 귀하게 자란 귀공자의 모습 외엔 보이지 않는 잘생기고 평범한 청년일 뿐이었다.

"식사부터 하고 나머지 얘긴 광안 지부에 가서 듣기로 하지."

무백의 말이 떨어지기 무섭게 요풍의 깊숙한 동공이 자화루주를 향했다.

"무, 무슨… 하실 말씀이라도……."

"식사를 하려면 얼마나 더 기다려야 하느냐?"

"식사… 아! 식사! 이, 이놈들을. 잠시만 기다려 주시면 금방 대령하겠습니다."

자화루주는 배가 허벅지에 붙을 정도로 허리를 숙인 후 주방으로 내달리다시피 움직였다.

'영웅맹과 진마궁의 싸움이 본격적으로 시작되기 직전의 상황과 비슷해지는 건가?'

무백은 밖에서 들어오지 못하고 눈치만 살피는 사람들을 봤다. 만약 이곳에서 싸움이 벌어졌다면 과연 저들 중 몇이나 살아남았겠는가?

백 년 전에도 그랬다.

영웅맹과 진마궁의 싸움이 시작되면 부모는 자식을 잃고, 자식들은 부모를 잃고.

그 징조가 무백의 눈에 보인 것이다.

좌전과 빙선의 입에서 나직한 한숨이 토해졌다.

상단전의 개방을 통해 무백과 한공간에 있었기에 굳이 말을 하지 않아도 뜻이 전해진 까닭이다.

덜덜덜.

서찰을 든 손이 주책없이 떨렸다.

부하들을 자화루로 보낸 대모의 손이었다.

무백 등의 정체를 알아보기 위해 백방으로 전서구를 날려 알아보았고 그 결과물이 몇 시진 만에 날아온 것이다.

절대로 그들을 건드려선 안 된다. 미남미녀와 노인 다섯이 분명하다면 그들은 십기제군과 빙선녀 등일 것이다. 특급 분류의 인물들이니 주시하다 떠나는 방향만 알아둘 것.

대모는 자신의 눈이 잘못된 것이라 여겨 몇 번이고 서찰의 내용을 읽었다.

십기제군이라니…….

십마 중 일 인인 상문하영이 죽었다는 소문을 모르는 군림회 사람들은 아무도 없었다. 또한 상문하영을 죽인 자가 십기제군이란 것도.

"아뿔싸. 내가 일을 저지르고 말았구나."

대모는 두려움 섞인 탄식을 터트렸다.

자화루에 보낸 자들은 아무도 돌아오지 못할 것이다.

하지만 대모가 탄식을 터트린 이유는 그들의 죽음 때문이 아니었다. 십기제군 정도의 고수라면 자신의 부하들로부터 이곳의 소재를 파악했을 것이기 때문이다.

다시 한 번 탄식이 터져 나오려 할 때였다.

"대모, 자화루에 갔던 녀석들이 돌아왔습니다."

"그, 그들이 돌아왔다고? 어떻게?"

"예?"

보고한 사내는 오히려 반문하고 말았다.

"당장 이곳으로 데려와!"

"예? 예!"

잠시 후, 요풍의 안광 때문에 넋이 나갔던 사내가 혼자서 화원으로 들어섰다.

"다녀왔습니다, 대모."

"머, 멀쩡하더냐?"

"당연히 멀쩡하지요. 생각 같아선 요절을 내고 싶었으나 경고만 하고 왔습니다."

"겨, 경고? 네, 네가?"

대모의 눈이 더 이상 떠질 수 없을 정도로 커졌다.

"대모께서 그리하라고……."

"그, 그가 뭐라고 하더냐?"

대모는 말까지 더듬었다.

"그라면 누굴……."

"누구긴 누구야! 그들 중 대장이지!"

"대장……."

사내는 잠시 생각을 해야 했다.

탁자에 앉은 위치로 보면 대장은 젊은 청년 같았으나 사
내를 겁준 쪽은 깊숙한 눈을 가진 노인이기에 헷갈린 것이
다.

"식사만 하고 돌아간다고 했습니다."

"시, 식사만 하고? 어디로?"

"그것까지는……."

대모는 이미 당황한 사내에게서 눈을 뗀 뒤였다.

부하들이 살아서 돌아왔으니 이제 서찰을 통해 내려온 명
령만 수행하면 그만이었다.

"전원 집합시켜! 조장의 명령에 따라… 아니다, 이번 일은
내가 직접 나선다. 조장과 두 개 조로 나눠서 그의 뒤를 쫓는
다."

대모의 명령을 들은 사내와 부하들은 서로의 눈을 쳐다봤다.

무슨 말을 듣긴 했는데 어떻게 해야 할지 몰라 서로 눈치를 보는 것이다.

第五章

느껴진다

햇살이 창을 통해 방 안으로 스며들었다.

구석부터 차례로 사물의 위치를 드러내 주던 빛이 중간에 가로막혔다.

"끄음."

혈뇌 곡대연의 입에서 침음이 흘러나왔다.

감은 눈을 뚫고 들어온 햇살 때문에 상념에서 깨어난 것이다.

며칠 전에 비해 주름이 늘었고 깊어졌다.

"야괴, 밤새 들어온 소식을 보고해라."

곡대연의 말이 끝나기 무섭게 검은 인영이 탁자 앞에 나타났다.

순간, 곡대연은 숨을 크게 들이마셨다.

웬만한 일이라면 야괴가 모습을 드러내는 일은 없었다. 밤 동안 곡대연이 반드시 알아야 할 일이 생긴 것이다.

"말해라."

"성마전 둘, 집마전 하나, 그 외에 십여 명이 시체로 변했습니다."

"누구냐?"

"십팔마들입니다."

"총 몇 명이지?"

십팔마에 의해 죽은 고수들의 숫자를 묻는 것이다.

"성마전과 집마전만 여덟입니다. 그 외엔……."

"나머진 됐다."

곡대연의 입에서 다시 한숨이 흘러나왔다.

성마전주와 집마전주가 하루에 한 번씩 곡대연을 찾아오고 있었다.

그들에겐 차마 회주의 명령으로 십팔마들이 그리했다는 말을 할 수 없어 달래서 돌려보내는 정도에 그치고 있지만, 그것도 이젠 한계에 달했다.

"십팔마가 총 몇이냐?"

"정확한 숫자는 회주님만이 알고 계십니다."

"드러난 숫자는?"

"이십여 명입니다."

"회주님이 직접 전수한 무공 때문에 웬만한 도검으론 상처도 나지 않는 몸이라니……."

곡대연은 야괴를 통해 십팔마에 대한 정보를 들은 후였다. 의창으로 보낼 때는 든든한 지원군으로만 여겼던 그들이건만, 이젠 애물단지도 그런 애물단지가 없었다.

오직 회주의 명령에만 따르는 괴물들.

이대로 두었다가는 원성도 원성이지만 내부에서부터 붕괴될 수도 있었다.

'회주께 몇 번을 찾아갔으나 만나주질 않는다. 도대체 그동안 밖에서 무슨 심경의 변화가 있었던 게지? 윽!'

곡대연은 지끈거리는 머리를 매만지며 인상을 썼다.

며칠 지나면 나아질 것이라 믿었다. 허나 시간이 지날수록 십팔마의 행각은 도를 넘어 버렸다.

주홍색 햇살이 옅어지며 강렬한 빛을 띠기 시작했다.

결정을 내려야 할 시간이 다가왔다.

이대로 두면 군림회는 회주의 손으로 뭉개지고 말 것이다.

'백 년 전과 어찌 이리 비슷한 상황이 펼쳐진단 말인가.'

곡대연의 눈이 천천히 떠졌다.

사람들에겐 잊혀진 두 세력의 싸움을 누구보다 잘 아는 사람이 자신이었다.

영웅맹과 진마궁.

두 세력이 어떻게 만들어지게 됐으며 어떻게 무너지게 됐는가를 너무나 잘 알고 있었다.

그것을 잘 알기에 몇십 년 동안 안배를 해온 것이다. 허나 그런 준비에도 불구하고 탁무정이 마성에 빠지는 것을 막지 못한 모양이다.

군림회로 귀환한 이후 일으키는 분란이 그것을 말해주고 있다.

'강호군림. 내 대에선 이룰 수 있을 거라 믿었다. 허허. 불가능한 일이었던 건가?'

곡대연의 입가에 자조 섞인 웃음이 감돌았다.

현 군림회 내에 그 누가 있어 탁무정을 막을 수 있을까?

군림회에서 탁무정은 이미 신이다.

곡대연의 귀계로 물러나게 할 단계를 훌쩍 넘어버린 것이다.

'상황이 백 년 전이라면, 해결책 역시 백 년 전의 것을 써야겠지. 내가 만들고 싶은 강호는 내가, 회주가 만들고 싶은 강호는 회주가.'

불끈.

곡대연의 주먹 쥔 손이 탁자 위로 올라왔다.

탁자엔 말끔하게 펴진 종이와 물을 기다리는 벼루가 준비되어 있었다.

곡대연은 벼루에 물을 붓고 먹을 갈았다.

붓은 갈린 먹물을 흠뻑 머금은 뒤 곧 백지 위에 내뿜기 시작했다.

*　　　*　　　*

깃털을 날리며 수십 마리의 전서구가 하늘로 솟구쳐 날아올랐다.

전서구의 다리엔 심온의 명령을 기다리는 지부장들에게 전할 서찰이 묶여 있었다.

"당분간 공격을 멈추라고 했으니 사람들도 숨을 돌릴 수 있을 것입니다."

피곤한 기색이 역력한 주봉이 소매로 이마를 훔치며 갈라진 목소리로 입을 열었다.

심온이 군림회 지부들을 일제히 공격하란 명령을 내린 뒤로 하루도 쉬지 않고 밤을 새가며 전술을 짜느라 진이 빠진 것이다.

"주 각주, 높은 곳에 있는 적을 치려면 그들이 아래로 내려오지 못하게 해야 하네."

심온은 탁자 위에 길게 놓여진 지도를 날카롭게 지켜보고
있었다.

"당연한 말씀입니다."

"그렇다고 아래를 완전히 전멸시켜서도 안 돼."

"살려둬야 높은 곳에 있는 자들이 자리를 지킬 테니까요."

"맞네. 그래야 우리도 시간을 벌 수 있으니까."

심온은 고개를 끄덕이다 지도에 붉은 실로 표시를 만들기
시작했다.

"전 지역을 공격하기보다는 주요 지역이 피해를 입지 않도
록 하는 것이 중요해. 그래야 놈들을 원하는 곳으로 몰 수 있
으니."

심온은 붉은 실로 동그란 원들을 여러 곳에 만들어 두었다.
대개는 구파와 오대세가가 있는 지역이었으나 유난히 여러
겹으로 두른 지역이 있었다.

호남과 호북의 경계 어림.

와룡문과 군림회의 전력이 싸우게 될 곳이다.

"만약 혈뇌가 영웅령주님의 생각을 읽는다면⋯⋯."

"당연히 읽고 있겠지. 그래서 더욱 확신하는 것이지. 혈뇌
는 피할 사람이 아니거든. 오히려 내 생각을 이용하려 들 테
지."

심온은 이미 곡대연이 어떻게 나올지 여러 경우를 생각해 둔 상황이었다. 곡대연의 움직임에 따라 대응 역시 달라져야 하기 때문이다.

"영웅령주님, 삼일째 서 계셨습니다. 잠시 눈이라도 붙이시지요."

"잠은 나중에 얼마든지 잘 수 있네."

"정작 필요할 때 쓰러지시기라도 하면 어쩌시려고 그러십니까?"

"할 일이 남아 있으면 그럴 일은 없네."

"……."

주봉은 단호하게 고개를 젓는 심온의 해쓱한 안색을 쳐다봤다.

말린다고 들을 사람이 아니다.

한 번 마음먹은 일은 무슨 일이 있어도 해내고야 마는 집요함이 수십 년 만에 다시 드러나고 있었다.

"서찰들은 어디 있지?"

"예?"

"새벽에 도착한 서찰들 말일세."

"그야 탁자에……."

주봉은 심온의 집무탁자로 가 손가락 마디 하나의 두께로 쌓인 서찰들을 들고 왔다.

주봉에게 서찰 더미를 받아든 심온은 첫 장에 시선을 고정시켰다.

　　서찰의 내용 때문이 아니었다.

　　서찰 끝에 달린 이름 때문이다.

　　비육(秘六).

　　분명 그렇게 적혀 있었다.

　　이미 죽은 사람이 구천에서 심온에게 서찰을 보냈을 리는 없다.

　　'혈뇌가 나를 보자?'

　　심온의 머릿속이 빠르게 돌아갔다.

　　혈뇌가 직접 보자고 할 정도로 군림회의 상황이 나쁜 건가? 그렇지 않다. 오히려 와룡문이 군림회의 대응을 살피기에 바쁜 형국이다.

　　"주 각주, 사람들을 모아주게. 다녀올 곳이 생겼네."

　　"서찰에 뭐라 적혀 있기에 그리 놀라십니까, 령주님?"

　　"누군가가 영웅전의 감시를 뚫고 이걸 놓고 갔네."

　　심온이 맨 위에 놓인 서찰을 주봉에게 건넸다.

　　받아 든 주봉은 아무 생각 없이 읽다 마지막 서명을 보고 눈을 크게 치떴다.

"이, 이…….."

"죽은 사람이 보낸 서찰이지. 그리고 비위 중 누가 죽었는 지는 죽인 사람만이 알고 있지."

"위험합니다, 령주님."

"아니."

심온은 고개를 가로저었다.

혈뇌란 인간은 매우 오만한 자였다. 그런 자가 먼저 손을 내밀었을 때는 그 오만함으로도 어찌할 수 없는 상황이 군림 회에서 벌어지고 있다는 뜻인 것이다.

"시간도 벌고 상황도 파악할 좋은 기회지."

"아…….."

주봉은 멍한 눈으로 심온을 쳐다보기만 했다.

지금과 같이 중요한 시점에 심온이 다치거나 죽기라도 한 다면 와룡문은 사상누각이나 마찬가지가 되기 때문이다.

"주 각주가 염려하는 일은 일어나지 않을 테니 걱정 말게."

심온은 주봉의 속마음을 듣기라도 한 듯 어깨를 슬쩍 두드 려 준 후 창가로 가 밖을 내다봤다.

위기가 곧 기회다.

생각지도 못한 변수가 숨통을 트게 해줄지도 모른다.

심온의 입가에 미소가 번졌다.

                    *   *   *

   덜컹— 덜컹—

   마차가 크게 흔들리며 한쪽으로 기울었다가 다시 중심을
잡았다.

   금룡표국 광안 지부에서 준 마차였다.

   표물 운송을 위해 남겨둔 것으로, 광안 지부처럼 작은 곳에
선 일곱 명이 한꺼번에 탈 수 있는 마차는 그것 한 대뿐이라
고 했다.

   무백은 한 대뿐인 마차를 받을 수는 없다고 거절하려 했으
나 지부장 장두산은 마부까지 딸려주었다.

   무백이 금율로부터 받은 패 때문이다.

   무백은 광안지부를 떠나기 전, 주루에서 보고 들었던 것에
대해 물었으나, 지부장 장두산은 강호와는 거리를 두고 있어
자세한 내용은 알지 못한다고 했다.

   "무 소협, 헌데 아까 보여주었던 패는 뭐였어요?"

   무백과 마주보고 앉은 선하연이 호기심 어린 눈으로 물었
다.

   "패?"

   "마차 빌릴 때 보여주던 것이요."

"아! 이것 말인가요?"

무백은 품에서 금율이 준 패를 꺼내 보였다.

"그거요. 어째서 금룡표국 사람이 그 패를 보고 순순히 마차를, 그것도 지부에 한 대밖에 없는 마차를 내준 거죠?"

"금 장주님 덕분이에요."

"금 장주님이요?"

"금 장주님이 금룡표국을 인수하셨거든요."

"표국을요?"

선하연은 무백의 말을 반복해서 되물었다. 그만큼 의외의 대답이었기 때문이다.

"제 편의를 봐주신다고 해주신 겁니다."

"…아!"

갑자기 선하연의 입에서 탄성이 터져 나왔다.

얼마 전에 금율이 사업을 확장한다고 했던 것이 기억난 것이다.

"그럼 그때 금 장주님이 말씀하셨던 확장이……."

"맞아요."

무백의 대답을 들은 선하연은 고개를 끄덕이고는 등을 의자에 기대고 창밖으로 시선을 돌렸다.

'무 소협에 금 장주님, 좌 대협, 요 대협까지. 강호에 대해서는 잘 모르지만 네 사람의 능력에 대해선 잘 안다. 빙궁이

만약 저 네 사람과 적이 된다면……'

선하연은 거기서 생각을 멈췄다.

현 빙궁제일고수는 선하연이 아니라 빙선이다. 언제고 빙정의 기운을 선하연이 모두 흡수한다면 모를까 현재 상황에선 빙선의 백초지적도 자신할 수 없었다.

그런 빙선을 긴장시킨 두 사람, 무백과 좌전을 적으로 돌린다?

있어선 안 되는 일인 것이다.

"선 소저, 어디 아픈가요?"

상념에 잠겼다가 얼굴을 찡그리는 선하연을 보고 무백이 걱정스러운 듯 물었다.

"아니요. 무 소협을 만난 것이 얼마나 다행스러운 일인지 새삼 알게 돼서 그래요."

"……?"

무백은 뜬금없는 선하연의 대답에 머쓱해지고 말았다. 어디 아프냐는 질문에 무백을 만나서 다행스럽다는 대답이 결코 자연스럽진 않잖은가?

마차 안의 시선이 일제히 무백을 향했다.

따가운 시선을 받자 무백은 머쓱해져서 시선을 창밖으로 돌리고 말았다.

그 모습을 본 선하연은 입을 가리며 웃었다.

'무 소협이 좋은 사람이라서 더욱 다행이에… 응?'

선하연의 시선이 옆으로 돌아갔다.

무백이 선하연을 향해 평생 잊기 힘들 것 같은 깨끗한 미소를 짓고 있었다. 마치 선하연의 생각을 읽기라도 한 것처럼.

선하연은 볼이 뜨듯해지는 것을 느끼며 재빨리 창밖으로 고개를 돌렸다.

마차가 금가장에 도착한 것은 며칠 뒤였다.

금룡표국에서 기별을 했는지 금가장 정문에 꽤 많은 사람들이 배웅을 나와 주었다.

"무 사부, 어서 오세요."

무백이 마차에서 내리자마자 금율이 다가와 맞아주었다.

"다녀왔습니다."

대설산에서 내려와 가장 많은 시간을 보낸 곳.

금가장은 이제 무백에게 집과 같은 곳이 되고 말았다. 무의식중에 다녀왔다는 말이 나올 만큼 친숙해진 것이다.

"무사히 돌아오셔서 다행입니다. 아가씨께서도……."

"당연히 저도 돌아왔지요."

선하연은 금율의 말이 끝나기 무섭게 마차에서 내리며 반가운 인사를 건넸다.

"아가씨, 금 장주는 남이 아니잖습니까. 굳이 그런 말씀 하실 필요 없으십니다."

진 호선이 따라 내리며 선하연의 인사를 받은 금율을 못마땅한 눈으로 쳐다봤다.

금율은 두 호선에 대해 잘 알기에 개의치 않고 인사를 건넸다.

"자, 이제 안으로… 음?"

금율은 말을 멈추며 마차를 쳐다봤다.

마차 안에서 세 사람이 더 나왔기 때문이다.

"요 대협 외에 두 분이 더 계시는군요. 무 사부, 소개를 부탁드려도 되겠습니까?"

요풍은 알고 있으나 좌전과 빙선은 처음 보는 얼굴들이었다. 오랜 세월 사람을 상대한 사람답게 당황한 모습을 보여 반감을 살 행동은 하지 않았다.

"금 장주시구려. 일전엔 명이가 신세를 졌다고 하더구려. 검각의 일검지주 좌전이라 하오."

좌전은 금율을 보는 순간 깊숙이 뿌리를 박고 선 나무를 떠올렸다.

"좌 대협이셨군요. 금 모가 인사드립니다."

금율은 정중히 포권을 취한 후 옆을 돌아봤다.

전신이 백색일색이라 해도 과언이 아닌 노인, 빙선의 소개를 기다리는 것이다.

"나는 세상에 없는 사람이라오."

"빙선이십니다. 사부님께서 궁의 안전을 부탁할 만큼 각별한 분이십니다."

선하연은 빙선 대신 나서서 소개를 했다.

"빙모님과 친분이 있으시다면 제게도 결코 남일 수가 없습니다. 제 아내 역시 궁의 제자였기 때문입니다. 앞으로 많은 가르침 부탁드리겠습니다."

금율은 정중하게 예를 갖춰 허리를 숙였다.

진심이 느껴지는 말과 행동이기에 빙선도 무시할 순 없었던지 선하연에게 짓던 미소를 지었다.

옆에서 빙선을 보고 있던 선하연은 그제야 마음을 놓을 수 있게 됐다.

"모두 안으로 드시지요."

금율이 먼저 앞장을 섰다.

주변에 있던 금가장의 무사들은 금율의 행동을 보며 안절부절못했다.

장주가 어려워할 정도라면 그들은 눈도 마주치면 안 되는 고인들이기 때문이다.

"휘유……."

마차에서 내린 사람들이 모두 안으로 들어가고 나서야 정문위사들은 숨을 내쉬었다.

"고생했네. 광안 지부장에게 장주님께서 고마워하더라고 전해주게. 이건 이곳까지 고생해 준 장주님의 성의일세."

총관이 마차를 몰고 온 마부에게 비단 주머니를 건네고 돌아서며 숨을 내쉰 두 위사를 쳐다봤다.

"나도 숨쉬기 힘든데 너희는 오죽하겠느냐. 후우."

총관은 위사들을 지나치며 숨을 길게 내쉬었다.

그 모습이 위사들에겐 더욱 큰 위화감을 주었다.

금가장의 총관이 숨쉬기 힘들 정도의 인물들이 무려 일곱 명이나 동시에 방문한 것이기 때문이다.

무백과 선하연, 좌전, 빙선, 요풍이 금율과 함께 탁자에 앉았다.

"차가 입에 맞으실지 모르겠습니다. 아, 무 사부, 성문이와 령아는 일을 마친 후 곧장 돌아온다고 합니다. 아이들이 돌아오는 즉시 진진이와 함께 자리하실 수 있도록 조치하지요."

금율은 미리 준비해 놓은 차를 일일이 따르며 자연스럽게 무백이 궁금해할 사람들의 안부를 알려주었다.

"감사합니다."

"허허허. 감사는 제가 드려야지요."

좌전 등은 이어질 대화를 듣기 위해 찻잔에 손을 댄 채 무백과 금율을 바라봤다.

그러나 무백과 금율의 대화는 이어지지 않았다.

"처음엔 저도 이상했는데 두 분을 자주 뵈니 이젠 괜찮아졌답니다. 이 두 분은 두 분만 통하는 뭔가가 있어서 다른 사람이 있을 땐 얘기를 잘 안 하세요."

선하연이 의아해하는 좌전 등을 돌아보며 빠르게 말을 꺼냈다.

"아가씨, 그런 게 아니라……"

금율이 선하연의 말에 놀란 눈으로 변명을 하려 했으나 선하연은 새침한 표정과 함께 고개를 옆으로 돌렸다.

'농담하려고 했는데……'

고개 돌린 선하연의 표정은 난감함이 가득했다.

장난을 친다는 것이 진심을 말하고 만 까닭이다.

그런 선하연을 구해준 사람은 무백이었다.

"오면서 생각을 해봤는데… 금가장을 지금보다 더 넓히는 건 안 되겠습니까, 장주님?"

무백이 화제를 바꾸었다.

당연히 모든 시선이 무백에게로 향했다.

금율은 숨을 길게 들이마셨다가 내뿜으며 입을 열었다.

"괜찮으시겠습니까, 무 사부?"

"염치가 없어 부탁드리지 못했을 뿐입니다."

"남쪽은 땅이 무르니 서쪽으로 넓히도록 하지요. 근방 백

리가 모두 금가장의 땅이니 언제든 건물을 지을 수는 있습니다."

금율은 왜 넓혀야 하는지 전혀 묻지 않았다.

무백이 아홉 가문의 터를 잡으려 한다는 것을 알기에 조금도 망설이지 않은 것이다.

"금 장주님껜 매번 신세만 지게 됩니다."

"허허허. 이런 정도는 무 사부께서 금가장에 해주신 은혜에 비하면 아무것도 아닙니다."

금율은 손을 흔들며 고개를 좌우로 내저었다.

"자네가 질투하는 이유를 알 것 같네."

무백과 금율의 대화를 듣고 있던 좌전이 선하연을 돌아봤다.

"예? 질투요?"

"하지만 자네가 이해를 해야 하네. 저 대화에 끼려면 아주 오랜 세월을 알아야 하거든."

"……?"

선하연은 좌전의 말에 어리둥절한 표정을 지었다.

마치 좌전은 무백과 금율의 대화를 이미 알고 있었다는 듯이 들린 까닭이다.

"와룡문에서 심 대협을 만났습니다."

무백의 목소리가 이어졌다.

금율은 표정을 굳히며 이어질 말을 기다렸다.

"군림회주란 자를 상대할 사람이 필요하다고 하더군요."

"역시! 그자의 화술에 속으면 안 됩니다, 무 사부."

금율은 무백의 능력을 이용하려는 심온의 의도를 깨닫고 인상을 썼다.

"속고 말고 할 것도 없지요. 악도와 만나게 해줘서 고맙다는 말을 하러 간 것이었으니까요."

"요 대협과… 오! 허허허."

금율은 무백의 대답에 자신도 모르게 헛웃음을 터트리고 말았다. 한 방 먹은 심온의 표정이 떠올랐기 때문이다.

"심 대협의 말 때문에 잠시 정신이 흐트러졌습니다. 제가 아홉 가문의 후예들을 보호하려 한 건 맞지만, 금 장주님을 비롯한 아홉 가문의 후예들은 결코 제가 보호를 해야 할 정도로 약한 사람들이 아닙니다."

"그렇게 만들어주셨지요."

"모여 있어야 합니다. 열 가문이 모여 와룡문이든, 군림회든 함부로 대하지 못하게 만들어야 합니다. 그럴 생각입니다."

"무 사부께서 하시겠다면 그리 될 것을 믿어 의심치 않습니다."

금율은 이번에도 무백의 말에 반론을 제기하지 않았다. 평생 상권에 몸담은 사람이 이해득실조차 따지지 않고 그렇겠다고 허락을 한 것이다.

"금 장주님, 무 소협의 말씀대로 하려면 막대한 자금이 필요하지 않나요? 무 소협의 계획을 눈치챈 와룡문과 군림회의 대응은 어찌하시려고요?"

선하연이 진지한 눈빛으로 물었다.

"자금이야 벌면 됩니다, 아가씨."

"벌어선 안 되죠. 그러다 공사가 멈추기라도 하면 어찌시려고요?"

"안 멈추게 할 수 있습니다."

"안 돼요."

선하연이 단호한 어조로 고개를 저었다.

"예?"

금율은 선하연의 행동에 놀란 눈이 되고 말았다.

"무 소협의 계획이 완성될 때까지 궁의 지원을 받으세요."

"……."

"두 분이서만 자꾸 뭘 꾸며서 안 되겠어요. 무 소협, 저도 끼워주세요."

선하연은 멍한 표정으로 대답하지 못하는 금율에게서 눈을 떼고 무백을 돌아봤다.

"이건 빙궁과 아무런 상관이 없는 일……."

무백은 미미하게 고개를 가로저었다.

"상관있어요."

"……?"

"제가 위험하다는 소식을 듣고 곧장 달려와 주셨잖아요."

"선 소저, 그건……."

"야율 소협이 있는 곳에 군림회주란 자는 나타나지 않았어요. 살막이 사라졌다는 것을 뜻하겠지요. 빙궁 역시 사패 중한 곳이에요. 아무런 대책도 없이 이대로 손 놓고 있을 수만은 없어요. 와룡문이든, 군림회든 건들지 못하는 곳을 만드신다면서요? 저도 돕게 해주세요."

선하연은 논리정연하게 자신의 생각을 쏟아냈다.

그러나 이 자리에 있는 누구도 선하연이 굳이 그렇게 하지 않아도 된다는 것을 모르는 사람은 없었다.

설명은 길었지만 한마디 한 것과 마찬가지였다.

무백에게 도움이 되고 싶다.

진심이 담긴 목소리를 어찌 외면한단 말인가?

"무 사부, 아가씨의 마음을 받아주시는 것이 어떠십니까?"

금율이 나섰다.

선하연의 표정이 밝아졌다.

"여자의 말을 경청할 줄 알아야 나중이 편한 법이지요. 빙

궁의 전 재산을 모두 가져오겠다는 것도 아니고 혼수
로……."

"일검지주님!"

좌전이 넌지시 금율을 지원 사격해 주려 말을 꺼낸 순간,
집무실이 들썩일 정도로 커다란 목소리가 터졌다.

진 호선과 양 호선이 기세를 드러내며 좌전을 노려보고 있
었다. 한마디라도 더 하면 죽음을 각오하고 손을 쓰겠다는 경
고였다.

아무리 사패 중 한 곳이라도 좌전은 엄연히 외부인이었다.
외부인이 감히 차기 빙궁주의 혼사에 대해 입에 담는 것은 불
경한 일인 것이다.

"무백, 대사형의 고검을 볼 수 있을까요?"

좌전은 두 호선의 입장을 이해하곤 웃으며 화제를 돌렸다.

순간, 금율의 눈이 동그래지고 말았다.

고검 때문이 아니라 무백을 대하는 좌전의 말투 때문이었
다.

금율은 무백이 금성문에게 미륵삼불해를 전해주었기에 무
사부라 부른다지만 좌전에겐 존칭을 사용할 이유가 없잖은
가?

그런 금율의 시선을 느끼고 좌전은 오히려 의아한 표정으
로 무백을 돌아봤다. 금율과의 친분을 고려하면 무백의 사연

을 모를 리 없다고 여긴 까닭이다.

"일검지주께선 제가 왜 고검을 가지고 있는지 알고 계십니다. 금 장주님, 고검이 아직 지하에 있습니까?"

"전에 보관해 두라고 해서… 잠시만 기다리십시오."

금율은 자리에서 일어나 지하석실의 문을 열고는 아래로 내려갔다.

잠시 후, 지하 석실의 문이 열리고 양손으로 검을 받친 금율이 나왔다.

좌전은 자리에서 일어나 고검을 받았다.

"대사형……."

고검을 쥐자 찌르르 전기가 손을 타고 몸 안으로 전해지는 느낌이 들었다.

백 년 만에 돌아온 대형 장학인의 고검.

고검을 든 좌전의 모습을 보던 사람들은 일제히 입술을 꾹 닫았다.

보는 것만으로도 진한 감동을 느낀 것이다.

'대형, 보고 계십니까? 새로운 고검지주가 제 앞에 있습니다.'

그 누구보다 좌전의 모습에 감동받은 사람은 무백이었다.

금율을 보고 담문의 다른 모습이라 여겼듯이, 좌전을 보니 또 다른 장학인이 나타난 것 같았기 때문이다.

시간이 흐르면 또 다른 방진옥이, 또 다른 강대기가 나타날 것이다.

무백이 지난 일 년여 동안 해왔던 노력들은 결코 헛된 것이 아니었다.

"허허허. 이 무슨……."

금율은 자신도 모르게 눈가가 촉촉이 젖어오자 눈가를 문지르며 말을 이었다.

"남은 얘기는 저녁에 조촐한 자리를 마련할 테니 잠시 쉬셨다가 식사와 함께 나누심이 어떻겠습니까?"

금율의 배려에 두 호선은 선하연과 함께 일어섰고 좌전과 빙선은 요풍이 안내하겠다며 데리고 나갔다.

집무실엔 무백과 금율만 남았다.

"무 사부, 하실 말씀이라도……."

금율은 일어날 생각을 하지 않는 무백을 돌아봤다.

"전에는 '때가 됐다' 는 것이 어떤 뜻인지 몰랐습니다. 시간이 지나고 지금이 되니 어느 정도 알 것도 같습니다. 때가 됐다. 더 늦어선 안 될 것 같네요."

"……?"

"아직은 소중한 사람들이 사라지지 않아 느끼지 못할 뿐입니다. 곧 그리 되겠지요. 저 역시……."

백 년 전, 누군가에겐 소중한 사람들이 하루에서 수십 명씩 죽어갔다. 그 광경을 보고 나서야겠다고 생각했다.

백 년이 지난 지금은, 그 결심을 하게 된 시기가 늦었었다는 것을 깨닫는다. 이대로 시간이 흐르면 아홉 의형님의 후손 중 몇몇이, 혹은 더 많은 사람이 죽을지 모르니.

"말씀하신 곳 좀 둘러보고 오겠습니다."

"제가 안내해 드리지요."

"아니요. 혼자서 다녀오겠습니다. 지금도 충분히 장주님의 시간을 뺏었습니다."

무백은 따라나서려는 금율을 만류하고 자리에서 일어났다.

생각할 것이 많았다.

第六章

나아르

낙양루.

하남의 수많은 명소를 구경한 사람들이 마지막에 들러 술
한 잔 마시며 시인이 되어 고향으로 돌아간다는 곳이다.

오늘도 낙양루는 수많은 인파로 인산인해를 이루고 있었
다.

길게 늘어선 줄이 줄어들 기미를 보이지 않자 몇몇 사람들
은 한쪽으로 물러나 자리를 깔고 앉아 붉은 노을이 지는 하늘
을 벗 삼아 엽주로 목을 축이기도 했다.

"낙양루 안이든, 밖이든 노을이 반기는 건 마찬가지 아니요?"

목이 거의 없는 중년인이 엽주를 한 모금 들이마신 뒤 건넸다.

"내일은 반드시 저 안에서 형장과 노을을 보며 시를 읊고 말겠소."

엽주를 병째 건네받은 사내는 눈이 부리부리하고 광대가 툭 튀어나온 호방한 얼굴을 하고 있었다.

두 사람 외에도 어제 종일 줄을 서며 안면을 익힌 사람들이 줄을 빠져나와 합세했다.

"도대체 저 큰 주루에 이틀이 지나도록 자리가 나질 않다니… 거 참."

"어머, 모르세요?"

자리에 끼어든 서른 중반의 여인이 입을 가리며 놀란 눈으로 투덜대는 사내를 쳐다봤다.

"뭘 말이오?"

"낙양루가 밥만 먹고 나올 수 있는 곳이면 하남제일루가 됐을 리 없지요. 저 안에 들어가면 하루 이틀 안엔 나올 수가 없어요. 오죽하면 저 안에 돈을 빌려주는 사람까지 상주할까요."

"돈을 빌려주는 사람?"

"가져온 돈은 주머니 하나가 전부인데 더 있으려면 빌려야 지요."

"푸하! 내, 기루에서 치마폭에 빠져 나오지 못하는 사람 얘 기는 들어봤어도 음식 때문에 빚을 진다는 얘긴 처음 들어보 오."

목이 거의 보이지 않는 중년인의 웃음에 설명해 주던 여인 의 표정이 좋지 않게 변했다.

"사실이오. 나도 경험이 있으니."

자리에 끼어든 평범하게 생긴 오십 대 중년인이 끼어들었 다.

"경험? 형장께선 그럼 정말로 빚을 져봤다는 말씀이시우?"

"일 년 내내 일해서 겨우 다 갚고 다시 찾아오는 길이오."

오십 대 중년인은 몽롱한 표정으로, 아직은 붉은색으로 세 상을 감싸지 않고 있는 노을을 보며 감상에 빠져들었다.

"루애(樓崖)를 이용할 수 있는 사람이 아니라면 누구나 그 리 된다오."

"루, 루애?"

"낙양루 최고의 망루지요."

"거길 가려면 얼마나 있어야 하기에……."

"돈이 아무리 많아도 목숨보다 귀하겠소?"

"루애란 곳에 가려면 목숨을 내놓아야 한다는 말이오?"

"와룡문과 군림회를 무시할 정도라면 예외일 수도 있겠지요."

"와룡문… 군림회…….."

대화는 거기서 끊어졌다.

오십 대 중년인이 왜 돈으로 갈 수 없는 곳이라고 했는지 단 두 마디에 사람들이 알아들은 까닭이다.

루애.

낙양루 칠 층 뒤쪽에 마련된, 두 사람이 앉아 식사를 할 수 있는 자그마한 공간을 가리킨다.

아래쪽에서 위를 볼 수 없고 낙양루에서 칠 층보다 높은 곳이 없으니 그곳에 누가 있는지 전혀 알 수 없는 공간이다.

그곳에 눈동자의 흔들림까지도 읽어내려는 치열한 싸움을 벌이고 있는 두 사람이 마주 보고 앉아 있었다.

심온과 곡대연.

쪼르륵—

만남을 청한 곡대연이 심온의 잔에 술을 채웠다.

심온은 그러거나 말거나 곡대연의 눈을 바라본 채 꼼짝도 하지 않았다.

'혈뇌, 어째서 만나자고 한 것이오? 군림회의 힘이라면 싸움을 시작했어도 벌써 시작했어야 하는데 말이오?'

심온의 시선이 곡대연을 향했다.

곡대연은 심온이 무슨 말을 하고 싶은지 모두 아는 듯 씨익, 웃었다.

"백 년. 참으로 긴 세월이라면 긴 세월이잖소?"

곡대연의 입에서 엉뚱한 질문이 흘러나왔다.

심온은 의아한 눈으로 곡대연의 말이 이어지길 기다렸다.

"영웅맹과 진마궁. 와룡문과 군림회. 백 년 전과 백 년 후. 어찌 이리 비슷해지는지……."

곡대연은 혀를 차며 따라놓은 술잔을 입 안에 털어 넣었다.

'백 년 전!'

심온의 눈빛이 한순간 바뀌었다.

곡대연이 무슨 말을 하고 싶어 하는지 조금 전의 한마디로 깨달은 까닭이다.

심온의 머릿속으로 백 년 전의 영웅맹 군사 창천리가 남긴 글이 빠르게 떠올랐다.

…해서, 나 창천리와 진마궁의 인사들은 뜻을 하나로 모았다. 진마궁주를 제거한 뒤 영웅맹과 진마궁은 해체하기로 한 것이다. …(중략)… 세력이 사라지면 정과 사의 구분 역시 무의미해질 거란 판단이었다. 허나 현실은 나의 생각대로 흘러가지 않았다. 초록은 동색이라. 결국은 해체된 영웅맹과 진마궁이 이름만 바꾸어 새로운 세력으

로 만들어지게 될 것이다. 내 죽어 그분들을 무슨 낯으로 본단 말인가? 후대는⋯⋯.

영웅령을 남긴 이유가 그 뒤에 적혀 있었다.

곡대연 역시 백 년 전의 일들에 대해 잘 알고 있을 것이다.

"다른 점이 있다면, 백 년 전의 영웅들이 현재는 없다는 것이지요."

"북두제검주. 그의 후예만 찾아주시오. 나머진 내가 알아서 하겠소."

"후후후. 재미있는 말씀이시군요. 북두제검주의 후예가 존재한다면 본 령주가 이곳까지 왔겠습니까?"

"오! 안 그래도 축하를 드릴 생각이었소. 영웅령의 주인이셨다고요? 백 년의 역사쯤은 지난 물건이라 여겨지는구려, 영웅령주."

곡대연의 눈빛이 날카롭게 빛을 뿌렸다.

"영웅령과 북두제검주는 아무런 상관이 없소."

"상관이 있도록 만들어야지요. 그래야 와룡문이 살 테니까."

"무슨 말씀이시오?"

"군림회의 전력이 일제히 움직인다는 말이오."

"혈뇌께서 그런 명령을 내릴 리가 없지요. 그 정도로 무모

한 분이었다면 지금까지 살아 계셨을 리가 없잖습니까?'

"상황은 언제든 변하는 법이라오, 영웅령주."

'당신이 해답을 밖에서 찾아야 할 정도의 일이 안에서 벌어지고 있다?'

심온은 군림회주 탁무정과 곡대연의 관계가 순탄치 않다는 것을 깨달았으나, 그것이 곡대연의 미끼일 수도 있다는 생각을 동시에 했다.

"단도직입적으로 말씀하시지요. 제가 무엇을 해드렸으면 좋겠습니까?"

"말씀드렸잖소, 영웅령주. 북두제검주를 찾아달라고 말이오."

"진마궁주를 죽일 수 있을 만큼의 고수를 원하시는군요."

"더 강해야 하오."

"진마묵천강의 화후가 진마궁주를 넘어섰다는 말씀은 아니겠지요?"

"……."

"가늠할 정보를 주셔야 이 사람도 노력을 해볼 것 아니겠습니까?"

"십마대전의 말석을 차지했던 사람이 회주의 일초를 막아내지 못하고 죽었소."

"……!"

심온의 안색이 일변했다.

사파십대고수인 십마 중 일인이 탁무정의 일 초를 막지 못했다?

곡대연의 말이 사실이라면 탁무정은 백 년 전의 진마궁주보다 강하다.

"탁 회주 역시 마성에 먹히고 만 모양이군요."

"……."

"마물은 양쪽 모두에 심각한 걸림돌이긴 하지요."

심온은 슬쩍 곡대연이 끼어들 수 있도록 틈을 만들어주었다.

"이제 영웅령주의 차례구려."

"제 차례라니요?"

"령주."

곡대연의 눈이 가늘어지며 심온을 쏘아봤다.

심온이 먼저 내민 곡대연의 손을 잡지 않으려 하기 때문이다.

"이미 제게 주실 것에 대해선 알고 계시잖습니까?"

"……?"

곡대연은 의아하다는 듯 심온을 쳐다봤다.

심온이 하는 말을 못 알아듣는 척하는 것이다.

"혈뇌께선 백 년 전의 과정을 되풀이하자는 제안을 하셨습

니다. 그렇다면 제가 무엇을 받으려 할지는 굳이 말씀드리지
않아도 아실 것 같습니다만?"

심온은 곡대연의 눈을 직시하며 반문했다.

그 상태로 두 사람은 꼼짝도 하지 않았다.

곡대연이 심온의 요구를 모를 리가 없었다.

와룡문과 군림회의 해체.

북두제검주의 후예를 찾으면 당연히 그래야 한다는 요구
를 하는 것이다.

"그건 백 년 전의 일이오. 우린 우리의 강호를 만들 자격을
가진 사람들이잖소. 좀 더 현명한 대답을 바라오, 영웅령주."

"재미있는 말씀을 하는군요. 우린 우리의 강호를 만들 자
격이 있다? 후후후. 그럴듯한 말씀입니다. 허나."

"허나?"

"와룡문은 강호를 지배할 생각 따윈 애초에 하질 않았습니
다. 그건 혈뇌의 생각이지요. 제가 탁 회주를 상대할 수 있는
고수들을 찾아서 보내길 바라십니까? 그럼 그것이 군림회가
군림회로 존재하는 마지막 날임을 약조해 주시지요. 물론, 어
떻게 해체하실지 자세한 내용을 알려주시는 순간부터 저는
움직일 것입니다."

"……."

곡대연의 눈가에 경련이 일었다.

오십 년을 준비해 온 강호일통의 대계를 포기해야 하는가?

곡대연은 스스로에게 물었다.

이곳으로 오기 전에 심온이 요구할 것이 무엇인지 알고 있었다.

양쪽 세력의 해체만 아니길 얼마나 바랐던가?

그러나 요행을 바라기엔 상대가 너무도 뛰어나다.

곡대연은 입술을 일자로 꾹 다물고는 자리에서 일어나 루애 끝으로 갔다.

아래쪽으로 하얀 바다가 넘실거리는 것이 보인다.

'이미 회주와 십팔마의 만행은 도를 넘어섰다. 가만히 있다가는 집마전과 성마전이 회주와 십팔마에 의해 모두 죽임을 당할지도 모른다. 그것만은 안 된다. 회주가 없는 상태에서 대업을 준비하기 위해서는.'

현재 군림회의 상황은 최악이었다.

한두 명의 죽음으로 그칠 줄 알았던 십팔마의 행동은 점점 더 거침이 없어졌다.

며칠 전엔 십마 서열 오 위에 올라 있는 고루대제를 십팔마 셋이 합공한 일까지 벌어졌다. 고루대제는 십팔마 중 둘의 머리를 부숴 버리고 간신히 자리를 피해 목숨은 건질 수 있었다.

십팔마의 다음 목표가 곡대연이 아니라 자신할 수 없는 상황인 것이다.

"북두제검주의 후예를 찾으면 이곳에 서찰을 붙여놓으시
오. 확인하는 즉시 회주가 계신 별채 쪽 경비를 비워놓겠소."

"군림회의 해체 방법도 말인가요?"

"해체 방법도."

"최대한 빨리 찾아보도록 하지요."

"회주께서 직접 나설지도 모르니 조심하시구려."

"……."

심온은 곡대연의 마지막 말에 빙긋 웃기만 했다.

천하의 곡대연이 감시를 당하고 있다는 뜻이기 때문이다.

"먼저 일어나겠습니다."

심온은 자리에서 일어나 곡대연을 향해 가볍게 포권을 취
한 뒤 루애를 떠났다.

칠 층 중앙에 세워진 기둥이 갈라지며 빈 공간이 나왔다.
비밀 유지에 이보다 훌륭한 방법은 없을 것이다.

심온이 먼저 떠났고 얼마 뒤 곡대연이 야괴 등과 함께 루애
에서 모습을 감추었다.

사람이 떠난 자리를 바람과 새들이 잠시 앉았다 다시 떠나
갔다.

마차에 오른 심온은 출발과 동시에 고개를 뒤로 돌렸다. 아

름답기 그지없는 낙양루의 전신이 노을빛과 함께 눈에 들어 왔다.

며칠 동안 제대로 잠을 자본 적이 없어서일 것이다.

눈이 아려왔다.

곡대연이 직접 찾아올 정도의 일이 무엇일까?

평생을 군림회의 군사로 살아온 곡대연에게 무슨 일이 생겼기에 회주를 죽여 달라는 부탁을 그리 담담하게 하는 것일까?

'이유야 곧 드러나겠지. 먼저 내 발등에 떨어진 불부터 끄자.'

곡대연과의 합의로 와룡문에 더 급한 일이 생겼다.

와룡문의 해체.

삼전의 전주들은 크게 쓰이지 않는다.

와룡문이 아니더라도 그들에겐 사문이 있다.

돌아갈 곳이 있는 데다 제자들의 희생을 강요할 필요가 사라지게 되니 오히려 기뻐할지도 모를 것이다.

문제는 와룡문주 적우강이다.

와룡문의 해체로 인해 그는 혼자가 되기 때문이다.

'일단 부딪치고 나서 생각하자. 북두제검주의 후예를 찾지 못하면 그 또한 아무 소용 없는 일이 될 테니까. 북두제검주……'

곡대연은 본 적도 없는 북두제검주를 생각하다 한 사람의 얼굴이 떠올랐다.

잘생긴 이목구비에 분명한 어조, 단호한 행동, 그리고 백년 전의 결사대 무공을 자유자재로 사용하는 사람의 얼굴이.

무백이다.

곡대연은 무백을 만난 적이 없다. 만약이라도 그런 일이 일어났었다면 곡대연이 오늘과 같은 제안은 하지 않았을 것이다.

탁무정을 견제할 수 있는 자가 존재한다면 굳이 계략을 짤 것도 없이 두 사람이 만나도록 자리만 만들면 그만이기 때문이다.

'어떻게 해야 그를 움직일 수 있을까? 결사대의 후예들이라면 충분히 그를 움직이게 할 명분은 될 수 있다. 또한 그 여인도.'

순간적으로 심온의 눈빛이 달라졌으나 이내 원래의 피곤 가득한 표정으로 되돌아왔다.

떠올린 여인은 선하연이다.

곡대연을 만나러 오기 전, 목하진으로부터 의창의 일을 보고 받았다.

무백은 모든 상황이 끝난 후 나타났다고 했다.

시간상으로는 불가능한 일이 아닐 수 없다. 와룡문에서 의

창까지는 아무리 빨리 간다고 해도 열흘은 족히 걸릴 거리이기 때문이다.

무백은 그 거릴 칠 일도 안 걸려 도착한 것이다.

그만큼 선하연을 생각하고 있다는 뜻이다.

"선 소저는 십기제군이 나타나자마자 달려가 안겼습니다. 연인 사이가 아니라면 그럴 수 없습니다."

무백과 선하연의 만남을 얘기하는 목하진의 표정엔 확신이 가득했다.

'최악의 경우엔 지옥에 갈 생각으로… 한다.'

지끈.

심온은 인상을 찌푸렸다.

백 년 전 결사대의 후예들과 선하연을 인질로 잡겠다는 생각을 하자마자 두통이 밀려왔다.

'살막을 공격한 무리는 군림회주 탁무정이 직접 키운 십팔마란 자들로, 기이한 무공을 익혀 목이 잘리기 전엔 죽지 않는다고 했다. 그건 탁무정이 진마묵천강을 그들에게 전수했기 때문일 것이다.'

탁무정 한 명을 죽이기 위해 와룡문 전체가 움직여야 하는 상황에서 이젠 그의 친위대까지 포함시켜야 하는 상황이 됐다.

그렇기에 심온은 더더욱 무백이 필요했다.

"십기제군은 이미 이전의 그가 아니었습니다. 강가장에서의 그도, 금가장에서의 그도 아니었습니다. 빙궁의 고인, 검각의 일검지주조차 십기제군을 보는 순간 긴장한 모습을 숨기지 못했습니다. 어쩌면… 어쩌면 그는 이미……."

심온은 오만하기 이를 데 없는 목하진이 누군가를 평가할 때 그처럼 조심스러워하는 모습을 본 적이 없었다.

빙궁의 고인에 대해선 정보가 없지만, 검각의 일검지주가 역대 최강이란 것은 잘 알고 있었다.

검각의 무공은 사패 중 최강이다.

그런 사람이, 삼전의 전주들과 견주어도 손색이 없는 고수가 무백을 보는 순간 긴장을 숨기지 못했다고 한다.

부르르.

심온은 떨리는 손을 맞잡았다.

'십기제군은 이제 겨우 약관을 넘겼다. 아직 완성되지 않은 대기(大器)인 거다. 백 년 전의 북두제검주와 마찬가지로.'

심온에게 전해진 책자엔 당시 북두제검주의 나이가 적혀 있었다. 공교롭게도 현재 무백의 나이와 거의 비슷했다.

이십 대 초반.

모든 상황이 심온으로 하여금 백 년 전, 창천리가 했던 역할을 대신하도록 강요하고 있었다.

'십기제군, 당신은 반드시 움직이게 될 것이오.'

최악의 경우 취해야 할 방법까지 생각해 둔 심온은 그제야 천천히 눈을 감고 심호흡을 길게 뱉어냈다.

결정을 내려서일까?

그동안 눌러놓았던 피로가 한꺼번에 달려들며 전신을 의자에 밀착시켜 움직이지 못하게 만들었음에도 입가엔 웃음이 달려 있었다.

*   *   *

"이봐, 그렇게 움직여선 날이 새도 돌 하나 제대로 못 날라. 몇 명 데려와. 내가 직접 시범을 보일 테니까."

건장한 사십 대 사내가 굵직한 목소리와 함께 웃통을 벗어던지더니 메고 있던 통나무를 바닥에 내리고는 발로 굴리기 시작했다.

"이걸 바닥에 대고 올린 후에 밀어. 끙!"

사대가 힘을 쓰자 구경하던 일꾼들도 달려들어 족히 백근은 나갈 것 같은 돌을 들어올렸다.

"총관, 저 사람에게 일을 시켰나?"

멀리서 그 모습을 지켜보던 금율은 흥미로운 눈으로 수염을 매만지며 물었다.

"그럴 리가요. 괜히 일 시켰다가 저를 던져 버릴 것 같아 말도 못하고 있었습니다."

"후후후. 그런데 자발적으로 저렇게 인부들과 함께 움직인단 말이지?"

"신기한 것이, 저 사람이 움직이면 놀고 있던 자들도 힘을 냅니다."

"인부들과의 관계는?"

"이곳에 온 뒤로 숙소엔 들어가지도 않고 인부들과 함께 잠을 자고 일어난다고 합니다."

"……."

금율은 총관의 보고를 듣고 고개를 끄덕였다.

사십 대 사내는 강가장에서 강민과 함께 온 흑광이었다.

언제고 무백에게 들어본 적 있는 이름이라 금율 나름대로 시험해 본 것인데, 며칠밖에 안 됐음에도 흑광을 모르는 인부가 없을 정도였다.

모든 일과를 인부들과 함께하면서 조금도 몸을 사리지 않으니 흑광을 꺼려야 정상이거늘, 어찌된 일인지 인부들은 그를 싫어하지 않았다.

저녁만 되면 나가서 술과 고기를 짊어지고 왔기 때문이다.

샀도 샀이지만 인부들에게 양껏 마실 수 있는 술과 음식을 공짜로 주는 사람이야말로 고마운 사람인 것이다.

"흑 대협을 데려오게."

금율은 총관에게 명령을 내리곤 작업이 진행되는 다른 곳으로 걸음을 옮겼다.

"이곳입니다."

총관이 금율의 집무실로 들어가란 손짓을 하자, 흑광은 정중하게 인사를 건넨 후 문을 열고 들어갔다.

"어서 오시오, 흑 대협."

금율이 반갑게 맞아주었다.

"대협은 당치도 않은 호칭입니다. 그저 흑광이라 불러주시면 됩니다."

"허허허. 그럴 수야 없지요."

"주군께서 금 장주님에게 많이 배우라고 하셨습니다. 그러려면 금 장주님이 저를 편하게 여겨주셔야 합니다. 뭐든 시켜만 주시면 최선을 다하도록 하겠습니다."

흑광은 진심을 담아 부탁하며 허리가 땅에 닿도록 숙였다.

'허! 무 사부는 도대체…….'

금율은 흑광의 행동에 감탄했다.

흑광의 하는 행동과 말하는 투를 보면 결코 평범한 젊은 시절을 보낸 사람 같지 않았다.

그런 사람이 무백의 많이 배우라는 한마디에 목숨이라도 내놓을 것처럼 절실하게 매달리고 있었다.

"무 사부께서 많이 배우라고 하셨다고요?"

"예? 예!"

"이 사람이 가르칠 것이나 있을지 모르지만, 무 사부한테 혼나지 않으려면 뭐든 가르쳐야겠군요."

"감사합니다."

"흑 총관. 앞으로 그리 부르도록 하겠습니다. 어떤 곳으로 할지는 무 사부께서 정하겠지만 그곳만큼은 제가 신경 쓰지 않아도 될 것 같아 벌써부터 안심이 됩니다. 허허허."

금율은 앞으로 지어질 많은 곳 중 한 곳에 서서 사람들에게 호령할 흑광을 생각하자 웃음을 터트리고 말았다.

"감사합니다, 금 장주님."

"자, 그럼 인부들과 지내며 생각해 둔 계획부터 말해보도록 하지요. 얼마의 인부와 재료가 필요할 것 같소, 흑 총관?"

"건물이 들어설 장소는 대충 봤습니다. 얼마나 빨리 지어야 하는 겁니까?"

"얼마나 빨리 지을 수 있겠소?"

"마음먹고 지으면 몇 달이면 지을 수 있습니다. 헌데……."

"헌데? 문제가 있나요?"

"문제가 아니라, 지어질 전각이 전부 비슷한 것 같아 한 번 생각해 본 것이 있어서 그렇습니다."

"말해보시오."

"구역마다 지낼 사람들부터 모집했으면 합니다. 인부들은 어차피 떠날 사람들입니다. 그럴 바엔 구역에서 지낼 사람들을 모집해서 그들의 손으로 짓게 만드심이 좋을 것 같습니다. 시일이야 걸리겠지만, 한 구역이 완성되면 자연스럽게 그 구역에서 일한 사람들은 소속감을 갖게 될 것입니다."

"흠."

금율은 감탄한 표정으로 흑광을 쳐다봤다.

흑광이 말한 방법대로 하면 시간은 걸릴지 모르나 전각들을 모두 지은 후에는 하나의 거대한 집단으로 성장할 것이 눈에 보였기 때문이다.

금율조차 엄청난 계획이라 여길 정도의 대답을 흑광은 너무도 쉽게 한 것이다.

"…제 생각이 아니라, 주군께서 몸소 보여주신 것을 말로 풀어서 한 것뿐입니다."

흑광은 금율의 눈치가 심상치 않자 슬그머니 목소리에 힘을 풀며 물러섰다.

"허허, 허허허."

금율은 흑광의 험상궂은 얼굴과 어울리지 않는 대응에 절로 웃음이 나왔다.

무백이 알려준 방법대로 했을 뿐이다?

방법을 알려준 무백이야 하도 금율을 놀라게 해서 더 놀랄 것도 없지만, 의도를 파악하고 실천하고 이젠 응용까지 할 수 있게 된 흑광 역시 놀라운 사람임엔 틀림없었다.

"새로 지어질 곳들에 대한 모든 것을 흑 총관에게 일임하겠소. 앞으로 필요한 것이 있으면 총관에게 요구만 하시오."

"……"

흑광은 금율의 믿기지 않는 말에 잠시 혼이 나간 표정으로 멍하니 있었다.

"왜. 마음에 들지 않소, 흑 총관?"

"감사합니다. 저를 믿어주서서 너무 감사합니다."

"무 사부께서 왜 그리 흑 총관을 추천하셨는지 알 것 같소. 앞으로 잘 부탁하오."

"저, 흑광. 주군께 폐가 되는 일은 절대 하지 않습니다. 최선을 다하겠습니다."

흑광은 다시 한 번 정중하게 허리를 숙이며 손으로 허벅지를 짚었다.

모든 것이 무백이 고쳐준 다리 때문이다.

멀쩡히 움직일 수 있게 된 것은 물론이고, 무공도 수련할 수 있게 됐으며, 이젠 이전의 흑광으로선 눈조차 마주칠 수 없는 대인에게 칭찬까지 받게 됐다.

뿌듯함이 전신으로 퍼져 나가는 것 같았다.

"주군, 흑광입니다!"

금율의 집무실을 나와 흑광이 제일 먼저 달려간 곳은 금서각이었다.

무백이 하루의 대부분을 이곳에서 보낸다는 것을 알기에 곧장 달려온 것이다.

"잠시."

흑광이 자랑을 하려고 입을 열 찰나 무백이 손을 들어 막았다.

흑광은 벌어진 입을 다물고 그 자리에 양손을 모은 채 석상처럼 굳어졌다.

누군가가 봤다면 무백이 주술이라도 걸어서 흑광을 봉인한 것이라 여길 정도로 자연스러웠다.

금서각 안은 고요했다.

무백은 하얀색 종이 위에 묵을 묻혀 빠르게 무언가를 적어 나가고 있었다.

흑광은 그런 무백의 모습을 유심히 쳐다봤다.

흑광에게 무백은 살아 있는 신과 마찬가지이기에 눈앞에 신이 움직이고 있는 것이다.

'한 가지 할 일이 더 생겼다.'

무백의 글 쓰는 모습을 따라하겠다는 뜻이다.

고요함은 이 각 정도 계속됐다.

탁.

무백이 붓을 내려놓았다.

길게 늘어진 종이를 위에서부터 하나씩 말자 모두 세 묶음이 됐다.

"됐다. 이것이 무엇인지 아느냐, 흑광?"

"주군께서 필요하신 걸 적은 것입니다."

"누군가에겐 필요한 것인데, 내겐 필요하지 않다."

"명심하겠습니다."

흑광은 빠르게 대답했다.

강가장에서 총관으로 지냈으면 변할 만도 한데 여전한 모습이었다.

"이걸… 이곳에… 안 오고 뭐해, 흑광?"

무백은 세 묶음을 들고서 서각으로 가다 돌아봤다.

흑광이 제자리에 선 채 꼼짝도 않고 있다가 화들짝 놀라 달려왔다.

"책장 끝에 뭐라고 적혀 있지?"

무백이 어딘가를 가리켰다.

"묵이라고 적혀 있습니다."

"저기는?"

"만이라고 적혀 있습니다."

"마지막으로 저기는?"

"여라고 적혀 있습니다."

"맞다. 묵, 만, 여. 세 곳에 보관될 이름이다. 기억할 수 있겠느냐?"

"잠들기 전에 백 번, 일어나서 백 번 외우겠습니다."

"아니, 아니. 지금 기억하고 내가 찾기 전까진 잊어야 한다."

"그러겠습니다."

"흑광, 믿겠다."

무백의 믿는다는 말에 흑광은 그대로 무너지며 고개를 땅에 댔다. 그 모습을 지켜본 무백은 일으켜 줄 생각도 않고 서각을 빠져나와 금서각을 나섰다.

흑광은 재빨리 일어나 무백이 종이 묶음을 올려놓은 곳들의 글자를 암기하곤 몇 번이나 머리를 두드린 후에야 밖으로 나왔다.

무백이 아직 전하지 못한 의형님 세 분의 무공을 적어 보관한 것이다.

막 금서각을 빠져나오던 흑광이 주춤, 문 앞에 얼음처럼 굳고 말았다.

무백이 처음 보는 여인과 담소를 나누고 있었다.

임촌에서 만난 뒤 처음 보는 환한 웃음이 무백의 입가에 걸렸다.

"흑광, 인사해라. 선하연 소저다."

무백이 흑광을 불렀다.

흑광은 커다란 덩치답지 않게 달려와 선하연을 향해 허리가 접힐 정도로 굽혔다.

"흑광입니다."

"강가장에서 민이를 도와주고 있다는 그분이군요?"

"도움은 과분한 말씀이십니다, 주……."

흑광은 주모라 부르려다 확신할 수 없기에 고개만 들어 무백을 쳐다봤다.

호칭을 알려줄 것이라 생각한 것이다.

무백은 웃기만 할 뿐 입도 열지 않았다.

결국 흑광은 입을 닫고 가만히 있는 쪽을 택했다.

"혹 대협께선 부르고 싶은 대로 부르세요. 무 소협께선 이미 어르신들이 계신 곳에서 저를 안으셨어요."

"……!"

흑광의 눈이 휘둥그레지며 어찌할 바를 몰랐다.

"선 소저, 그 얘긴 이제 안 한다고 했잖소."

무백은 실소를 머금으며 고개를 절레절레 흔들었다.

의창에서 무백이 안은 것을 금가장 사람 중에 모르는 사람은 거의 없었다.

"혹 대협은 모르시잖아요. 저 봐요, 놀란 표정."

선하연이 흑광을 가리키며 무백을 돌아봤다.

"선 소저. 하아……."

무백은 선하연이 이렇게까지 나올 줄 몰랐다는 듯 관자놀이를 손가락으로 누르며 돌아섰다.

그런 무백을 보고 선하연은 배시시 웃었다.

"보셨죠? 무 소협은 제게 꼼짝도 못해요."

선하연은 자랑하듯이 흑광에게 말하고는 미끄러지듯이 무백의 옆으로 다가가 나란히 서서 걸었다.

"……!"

흑광은 선하연의 움직임에 한 번 놀라고 서 있던 자리를 보고 또 놀랐다.

선하연이 서 있던 자리엔 그 어떤 흔적도 없었다.

흑광은 재빨리 뒤로 물러나 아래를 내려다봤다.

발자국 두 개가 가지런히 찍혀 있었다.

'저 소저 역시 엄청난 고수!'

무의식적으로 이마에 손이 갔다.

땀을 훔치려는 것이다.

나란히 걷는 두 남녀.

무백을 좋아하는 여인과 싫지 않아 보이는 주군.

흑광이 뭔가를 해야 할지도 모르는 상황일까?

천천히 두 사람을 쫓아가는 흑광의 입가에 묘한 미소가 피어났다.

금율의 집무실이 북적였다.

못 본 지 두 달 남짓 됐는데 그새 강민의 키는 한 뼘 더 자라 있었고, 금성문과 약령은 사람들이 불편해하지 않도록 이모저모 신경 쓰고 있었으며, 구진진은 잃었던 웃음을 되찾아 환해 보였다.

"허허허. 이제야 진짜 한식구들처럼 보이는구나."

금율은 스스럼없이 대화를 나누는 모습에 흐뭇한 표정을 지었다.

금율의 좌측에는 좌전과 빙선이 조용하게 사람들을 보고 있었다.

"악도까지 넷……."

좌전이 혼잣말을 꺼냈다.

"정확하십니다. 무 사부께 직접 무공을 전수받은 사람 중

단 소협을 제외하고 모두 있으니 넷이 맞습니다."

금율은 기다렸다는 듯 좌전의 말을 받았다.

집무실 안에 좌전, 빙선과 대화를 나눌 수 있는 사람이 금율 자신뿐임을 잘 알기에 신경 쓰고 있었던 것이다.

"단 소협?"

"와룡문에 있습니다."

"와룡문? 왜 이곳으로 데려오지 않고 내버려 두었소?"

좌전이 의아하다는 듯 고개를 갸웃거렸다.

"무 사부께서 그리하라고 했습니다. 단 소협이 언제고 부족함을 느끼면 찾아오겠지요. 허허허."

그제야 좌전이 고개를 끄덕였다.

무백의 배려가 느껴졌기 때문이다.

'명이가 이곳에서 지낸다면 일검에 더 빨리 올라서지 않을까?'

좌전은 자연스럽게 천명을 떠올렸다.

태어날 때부터 범상치 않은 자질로 검각의 기대를 한 몸에 받았던 녀석이다. 오죽했으면 좌전이 하나에서 열까지 모두 가르쳤을까.

단극이란 자가 누군지는 몰라도 굴러 들어온 복을 찬 것은 분명했다.

"…깨닫지 못하면 역시나 움직이지 못하는 것인가?"

좌전의 입에서 탄식이 흘러나왔다.

천명을 향한 것일 수도 있고 단극이란 자를 향한 것일 수도 있었다.

"젊음은 오만할 수밖에 없지요. 보이는 것만 볼 수밖에 없는 시간이니."

불쑥, 빙선이 찻잔을 들며 한마디 거들었다.

"오만하다……. 그 말이 정답인 것 같군요, 빙선."

좌전이 빙선의 말에 공감해 주었다.

"누구보다 잘 알지요. 그 대가를 평생 동안 지고 있으니 말입니다."

빙선의 눈빛이 아련해졌다.

젊은 날의 오만함으로 모든 것을 잃고 죽기 직전에 만난 빙모 덕에 지금까지 살아온 삶이기 때문이다.

"허허허. 두 분의 대화를 이 금 모가 이해할 수 있도록 풀어주시면 안 되겠습니까?"

금율이 좌전과 빙선의 대화를 못 알아들 리 없었다.

집무실 안에 있는 금성문 등이 들었으면 하는 바람으로 꺼낸 말이었다.

금성문과 약령, 강민과 구진진, 그리고 한쪽에 앉은 요풍의 시선이 일제히 좌전을 향했다.

"조금 전에 빙선과 나눈 얘기는 자네들에겐 필요 없는 애기였네. 자네들은 무백과 함께 있지 않나. 지금 생각 같아선 당장 명이를 이곳으로 데려오고 싶은 마음일세."

좌전의 말이 끝남과 동시에 빙선의 고개도 미미하게 끄덕여졌다.

"천 소협이 온다면야 언제든 환영이지요. 허나 당분간은 검각에서 지내도록 두는 것이 좋을 것 같습니다."

덜컹.

집무실 문이 열리며 무백이 선하연과 함께 들어섰다.

그러자 좌전과 빙선을 포함한 집무실 안의 모든 사람이 자리에서 일어나 예의를 갖췄다.

'세상에 저분들까지 일어나시다니……'

강민은 놀란 눈을 꿈뻑이며 좌전과 빙선을 쳐다봤다.

금성문과 약령으로부터 좌전과 빙선의 신분에 대해 이미 들은 뒤라 놀람은 더욱 컸다. 허나 그 놀람이 무백에 대한 경외심으로 바뀌는 데엔 얼마 걸리지 않았다.

무한 존경심을 두 눈에 담아 무백을 바라봤다.

"민이 왔구나. 안 본 사이 많이 컸네? 진진이는 그 옷이 너무 잘 어울린다."

선하연은 강민과 구진진을 향해 환한 미소를 건넸다.

"그, 그간 편안하셨습니까, 아가씨."

"아가씨를 뵙습니다."

강민과 구진진은 선하연의 입에서 자신들의 이름이 나오자 당황하고 말았다.

"이쪽으로 앉으시지요."

금율은 마련해 둔 자리 두 개를 가리키며 앉도록 청했다.

"민, 진진, 악도."

무백이 선하연을 자리에 앉힌 뒤 담담한 어조로 세 사람을 불렀다.

세 사람의 시선이 무백을 향했다.

"세 사람 모두 이곳에 남았으면 한다."

"……!"

갑작스런 말에 강민은 멍한 표정으로 입을 다물지 못했다.

"강가장의 진정한 장주가 되기 위해서, 구씨세가를 일으키는 여 가주가 되기 위해서, 대막금궁의 바람을 다시 한 번 일으키기 위해서는… 반드시 내가 전해준 무공을 완성해야 한다. 이곳을 부화하기 위한 터전으로 삼아라."

금가장에서 지내야 하는 이유 중 세 사람의 외적인 부분은 단 한 가지도 없었다.

무백의 진심이 한마디, 한마디 이어질 때마다 세 사람의 마음을 두드렸다.

"흑……."

구진진의 눈에서 구슬 같은 눈물이 흘러내렸다.

무백이 아니었다면 이 자리에 앉아 자신에게 사저라 부르는 강민도 만나지 못했을 것이고, 사경을 헤매던 자신을 치료해 준 선하연도 만나지 못했을 것이다.

　"감사… 합니다……."

　목이 메어 구진진은 다음 말을 잇지 못했다.

　"진진아, 감사하다는 말은 내가 해야 할 말이다. 은혜를 갚을 수 있게 해줬으니까."

　무백은 울컥 솟아오르는 목 메임을 애써 웃음으로 감추었다.

　더 이상의 설명을 할 수 없는 까닭이다.

　그런 무백을 뜨거운 눈으로 지켜보는 두 사람.

　'무백, 백 년의 세월, 이젠 내려놓으셔도 모두들 기뻐하실 겁니다.'

　'빙궁에서 하루하루 지우며 살아가던 저를 부끄러운 사람으로 만드시다니.'

　좌전과 빙선만이, 무백이 만든 공간에 들어와 본 두 사람만이 무백을 이해하고 있었다.

　구진진의 눈물 이후로는 아무도 말을 꺼내지 않았다.

第七章

시로운의 선택

"오랜만에 찾아왔구려, 영웅령주?"

적우강은 태사의에 내려와 곧장 탁자로 오지 않고 빙 돌아서 심온이 앉아 있는 위치와 극을 이루는 곳에 양손을 대며 물었다.

불편한 심기를 그대로 드러낸 목소리와 행동에서 적우강의 심리 상태가 단적으로 드러났다.

심온에 대한 적대감의 표현인 것이다.

'당연한 반응이지. 내가 그리 만들었으니 누굴 원망할까.'

심온은 쓴웃음을 지었다.

적우강이 왜 저리 대하는지 누구보다 잘 알기 때문이다.

'웃어? 대놓고 나를 비웃겠단 거냐?'

적우강의 눈에서 안광이 번득였다.

"군림회의 동태가 심상치 않습니다, 문주님."

"그런데?"

"위험한 상황이 곧……."

"그만."

"……?"

"일전에도 말했잖소. 령주가 알아서 하라고. 몇 번이나 말을 해줘야 알아들을 생각이오?"

뿌득!

적우강이 손을 대고 있는 탁자 모서리가 비명을 질렀다. 조금만 더 힘을 주면 부서지고 말 것이다.

"결사대를 조직할 생각입니다."

"푸하하! 결사대? 지금이 백 년 전이라도 되는 줄 아는 건가? 백 년 전처럼 그들이 문이라도 활짝 열어주기라도 하겠다던가? 고작 생각했다는 것이……."

"……."

"……."

적우강의 말이 멈추었다.

심온에게서 아무런 부정적인 반응이 나오지 않고 있기 때문이다.

"설마."

"……."

"령주, 설마."

"며칠 전에 혈뇌를 만났습니다. 말씀드리러 왔었지만 만나 주질 않으셨지요."

'그랬지.'

적우강은 안에 있었으면서도 심온을 돌려보냈다.

"…좀 더 자세히 말해보시오."

힘이 들어갔던 손을 풀며 적우강은 자리에 앉았다.

"북두제검주의 후예를 찾아달라고 하더군요."

"북두제검주의 후예?"

"군림회주를 죽일 수 있는 유일한 사람이 그의 후예밖에 없다 여긴 거겠지요."

"그 반대의 경우일 수도 있지 않소, 령주?"

"혈뇌는 지금 거기까지 생각할 겨를이 없어 보였습니다."

"……?"

"군림회주 탁무정이 결국 마성에 잠식된 것으로 판단됩니다."

"마성에 잠식!"

적우강의 눈이 부릅떠졌다.

탁무정이 마성에 빠졌다는 것은 진마묵천강을 완성했다는 다른 의미가 되기 때문이다.

"혈뇌의 말로는, 탁무정의 성취는 백 년 전의 진마궁주와 비견될 수 있을 거라 합니다. 한 가지 다른 점은……."

"다른 점?"

"탁무정은 진마궁주와 달리 변형된 진마묵천강을 개인 호위대에게 가르친 모양입니다. 의창으로 보냈던 목하진과 허송진인 등에게 들은 보고에 의하면 확실합니다."

"진마묵천강을 익힌 자가 군림회주 혼자가 아니다?"

"십팔마란 자들인데, 몇 명으로 구성됐는지 확인 중입니다."

"십팔마? 그럼 열여덟 아니오?"

"제 생각엔 십팔마란 자들은 진벽군과 같은 부류가 아닐까 싶습니다."

"진벽군과?"

"그들은 진벽군보다 훨씬 고강한 무공을 지니고 있습니다. 탁무정의 필요에 의해서 언제든 만들어낼 수 있다는 점이 같다는 뜻입니다."

"……."

적우강은 마른침을 삼켰다.

아무리 변형시켰다고 해도 진마묵천강을 익힌 자들이라면

결코 무시할 수 있는 자들이 아님을 아는 까닭이다.

"어려운 일이요. 혈뇌가 길을 열어준다고 해도 누가 거길 들어가려 한단 말이오?"

"있습니다."

"······?"

"그라면 결사대를 조직해서 들어갈 것입니다."

"······."

"······."

두 사람의 시선이 미묘함을 담고 서로를 향했다.

"북두제검주의 후예는 찾지 못한 상태니··· 십기제군을 말하는 거요?"

적우강이 먼저 말을 꺼냈다.

"그 외엔 없습니다."

"그는 이미 심 령주의 제의를 거절했잖소?"

"제가 제의를 잘못해서 그리된 것이지요. 그가 원하는 것이 무엇인지 그때는 몰랐습니다. 하지만 지금은 잘 알고 있습니다."

"흠. 심 령주의 말을 들어보니 모든 준비를 마친 것 같은데 어째서 나를 찾아온 것이오?"

적우강이 고개를 갸웃거리며 심온을 쳐다봤다.

심온은 잠시 적우강을 바라본 채 입을 열지 않았다.

지금부터 해야 할 말이 얼마나 중요한지 상대로 하여금 미리 알 수 있도록 하려는 것이다.

"무슨 부탁이기에 그리 뜸을 들이시오."

적우강은 피식, 웃었다.

모른 척 넘어가기엔 심온에 대해 너무도 잘 알고 있는 까닭이다.

"이건 어디까지나 최악의 상황에 한해서 부탁드리는 겁니다."

"최악의 상황?"

"십기제군이 이번에도 제 청을 거부하면 벌어져야 할 일입니다."

심온의 얼굴이 심각해졌다.

이 말을 하기까지 얼마나 많은 고민을 했는지 적우강은 멀리서도 한눈에 알 수 있었다.

그러나 확인을 하지 않을 수는 없다.

"얼굴만 봐선 인질이라도 잡을 것 같은 기세군."

적우강은 속마음을 농담처럼 꺼냈다.

곧바로 부정하는 말이 나올 것이라 여기고 한 말이었으나, 심온은 입술을 꾹 다문 채 깍지 낀 양손을 탁자에 올려놓고 침묵을 지켰다.

"심 령주, 그건 청을 하는 것이 아니라 협박을 하는 것이오. 그러다 십기제군이 우리 쪽으로 칼날을 돌리면 어쩌려고 그러시오?"

"죽어야겠지요."

심온의 입에서 의외로 담담한 음성이 흘러나왔다.

마음의 결정을 내린 것이다.

"한배를 타달라는 말이군."

"……."

"정말로 와룡문의 힘만으로는 안 되는 것이오?"

"절대."

심온은 일말의 고민도 하지 않고 대답했다.

심온의 입에서 '절대'란 말이 나온 이상 적우강이 무슨 말을 해도 생각을 바꾸지 않을 것이다.

문주와 군사가 죽는다?

그것은 와룡문의 해체를 뜻한다.

적우강이 모를 리 없다.

안다면 허락하면 안 된다.

그러나 적우강은 한 가지를 알고 싶어 하기 싫은 대답을 해야 했다.

'그 정도인가? 와룡문 전체와 바꾸고 싶을 정도로? 이번에 직접 확인해 보면 되겠지.'

적우강의 눈에 불길이 일어났다.

"갑시다."

                    *   *   *

슥슥─

마의를 입은 십여 명의 사내가 빠르게 비질을 하고 있었다.

눈은 자신들의 등 뒤에 있는 전각에 고정시키고 손은 보이지 않을 정도로 빨리 움직였다.

"서둘러!"

자신의 구역을 모두 쓴 사내가 다른 사내들을 독촉했다.

순간, 나머지 사내들이 일제히 손을 멈추고 소리를 낸 사내를 돌아봤다.

퍽!

멀쩡하던 사내의 머리가 갑자기 폭발하며 사방으로 피를 뿌려댔다.

"아…….."

탄식이 아니었다.

십여 명의 사내는 그대로 자리에 주저앉았다.

이곳을 청소하게 된 뒤로부터 불문율이 한 가지 생겼다.

어떤 상황에서든 목소리를 내선 안 된다는 것이다.

그걸 어겼을 시에는 보다시피 저런 꼴로 생을 마감하게 된다. 소리를 낸 자뿐만 아니라 청소하러 온 전원이.

퍼버벅!

누가, 무슨 수법을 사용해서 그들의 머리를 부쉈는지 전혀 보이지 않았다.

전원 머리를 잃은 뒤, 그 자리에 검은 그림자 세 명이 모습을 드러냈다.

의창에 나타났던 십팔마들의 복장과 똑같은 옷을 입은 자들이었다.

세 흑포인은 빠르게 시체들을 치우고 사라졌다.

"오전에 회주님 거처를 청소하던 자들이 모두 죽었답니다."

야괴의 목소리가 어딘가에서 흘러나왔다.

우뚝.

글을 쓰던 곡대연은 손을 멈추고 창가로 갔다.

좌측 멀리 탁무정의 거처인 별관이 보였다.

"이유는?"

"목소리를 냈다고 합니다."

"사람의 목소리조차 듣기 거북할 정도로 민감해지신 건가?"

"거처를 옮기셔야 합니다."

"그래, 그래야겠지."

곡대연은 고개를 끄덕였다.

탁무정의 기괴한 행동이 이젠 청소하는 사람들에게까지 닿고 있다.

"십마대전은 물론, 사람들 대부분이 별관과 되도록 멀리 떨어지려 하고 있지."

"외람된 말씀이오나, 회주님께서 출입을 하지 않는 이유를 알아보심이……."

"……."

야괴는 자신의 생각을 드러내지 않는 훈련을 끊임없이 받아왔다. 그런 야괴가 회주에 대해 말을 꺼냈다. 군림회의 모든 사람들처럼 야괴 역시 두려움을 느끼고 있는 것이다.

'회주께서 왜 밖으로 나오지 않는지 궁금하냐, 야괴? 나는 알고 있다. 극도로 예민해진 감각 때문에 한순간도 무언가에 집중하지 않으면 안 되기 때문이다.'

백 년 전의 기록을 통해 알게 된 사실이다.

진마묵천강을 대성한 자에게 집중할 것이 사라지면 정사를 불문하고 강호에 재앙이 내리게 될 것이란 기록을.

'피가 마른다.'

곡대연의 주름진 얼굴이 반쪽이 됐다.

포기하지 못하는 욕망과 부수지 못하는 벽.

모순이 되어버린 현실에 갇혀 아무것도 할 수 없는 상태가 된 것이다.

　"와룡문에 조그만 움직임이라도 있으면 보고하도록 일러라."

　"이미……."

　"더!"

　"존명."

　야괴의 목소리가 사라졌다.

　'성마전주, 집마전주, 구마와는 얘기가 끝났다. 심온이 와룡문주와 삼전의 전주들을 모두 데려와 회주와 싸워주기만 하면 된다.'

　성마전, 집마전, 십마대전의 내부는 반 이상이 비어 있는 상태였다.

　심온은 심어놓은 자의 보고를 듣고 자신이 약속을 지키기로 했다 여기고 있을 것이다.

　내부적으로는 탁무정의 만행에 대처하는 수단으로 인식이 될 테고, 외부적으로는 해체 수순을 밟는 것으로 보일 테니까.

　이제 한 가지만이 남아 있을 뿐이었다.

　심온이 와룡문의 최고수들을 이끌고 탁무정을 공격하는 것.

탁무정에 의한 강호일통이 아닌, 곡대연에 의한 강호일통이 얼마 남지 않았다.

*　　*　　*

"하아……."

입김을 불자 허연 김이 일었다.

추운 날씨 때문에 손이 얼어 작업이 원활하게 진행되지 않았다.

"저 사람들은 대체 추위도 안 타는가?"

"혹 총관이 매일 아침 무공을 가르치잖아. 나도 젊었을 때는 이 정도 무게는 새끼손가락 하나로 들었는데 말이지. 쩝."

잠시 일을 멈춘 인부 둘이 부지런히 움직이는 장정들을 보며 고개를 내저었다.

"돈도 안 받고 저 고생을 왜 하는지 모르겠다니까."

"자넨 그렇게 돈을 밝히면서 어째 부자가 안 됐나 몰라?"

"벌면 뭐해! 몸뚱이가 죄다 가져가는데."

"끌끌. 자네나 나나 몸뚱이가 돈 먹는 기계여, 기계!"

두 인부는 장정들을 부러운 눈으로 쳐다보곤 다시 통나무를 짊어지고 일어났다.

"여기도 그렇고 저기도 그렇고 다 지어지면 아주 볼만할

거구먼."

"암. 넓이로만 치면 구대문과 못지않지."

인부들의 잡담은 이곳에만 있는 것이 아니었다.

휑한 허허벌판일 때는 한숨만 내쉬던 사람들이 제법 틀이
갖춰지자 기대감에 한마디씩 하는 것이다.

"장씨, 공씨, 잡담 좀 그만하슈! 내가 아주 두 분 때문에 입
이 아파요!"

위쪽에서 감독의 목소리가 들려왔다.

두 인부는 알았다는 듯 손을 들었다.

"그렇다고 서두르진 말고요. 다치면 두 분만 손해니까!"

감독은 잔소리를 하고는 설계도를 펴 꼼꼼히 살폈다.

"관 감독, 너무 무리하지 마시게. 하루 이틀 해야 하는 공
사도 아닌데 그러다 몸살 나겠네."

"혹 총관님 오셨습니까?"

"일어날 것 없네. 하던 일 계속하고 필요한 것 있으면 언제
든 알려주고."

"물론입니다."

"가네."

"예."

관 감독을 뒤로하고 흑광은 다른 현장으로 걸음을 옮겼다.

'응? 저건 뭐지?'

금가장 건너편으로 가기 위해선 산 하나를 건너야 하는데 정상 근처에 도착했을 때, 기이한 광경을 목격한 것이다.

흑광은 눈을 좁혀 안력에 집중했다.

'사람? 저게 모두 사람이라고?'

얼핏 봐도 족히 수백 명은 될 것 같은 무리가 금가장을 둘러싼 형태로 다가오고 있는 것이다.

흑광은 곧장 산 아래로 뛰어내리며 신법을 펼쳤다.

"주군!"

산을 내려와 공사 현장을 가로지르는 데 불과 일각여도 걸리지 않았다.

현장을 지나자마자 바로 금율의 집무실로 향했고 마당에서서 무백을 불렀다.

"흑광, 무슨 일이냐?"

집무실에서 나온 무백은 흑광을 의아한 눈으로 쳐다봤다. 이렇게 다급해 보이는 흑광을 본 적이 없는 까닭이다.

"사람들이 몰려옵니다. 수가 얼마나 되는지 셀 수도 없을 정도로 많습니다."

"역시 이곳이었군요."

금율이 밖으로 나왔다.

"예? 장주님께선 알고 계셨습니까?"

"사방에서 동시에 무인들이 모인다기에 군림회라도 치러 가는 거라 여겼거늘. 허허허."

금율은 미간을 찌푸리며 무백을 돌아봤다.

금룡표국의 지부들은 엄청난 수의 무인이 천지사방에서 모여들고 있으며 그 행선지가 천양 쪽이란 정보를 인편을 통해 보내주었다.

"제가 일검지주와 빙선께 알리겠습니다."

금율이 움직이려 했다.

"두 분께는 이곳을 부탁드린다고 말해주세요."

"예? 그 무슨. 적의 숫자가……."

"적인지 아닌지 모르지요."

"……?"

금율은 무백의 대답에 의아한 표정을 지었다.

엄청난 수의 무인을 이끌고 천양까지 왔다면 당연히 무력 행사를 하겠다는 뜻인데, 무백의 얼굴은 아무 일 아니라는 듯 태연하기만 했다.

"저들이 올 줄 아셨던 겁니까, 무 사부?"

"지난번엔 제가 갔었지요."

백 년 전 결사대를 조직해 창천리를 찾아갔던 것을 말하는 것이다.

이번에도 그리하려 했다.

그때와 다른 점이 있다면 무백 혼자서 가려 했다는 것뿐.

"이번엔 저를 찾아온 모양이네요."

문을 나서며 무백이 말을 이었다.

말이 끝났을 때는 이미 무백의 신형은 정문 쪽을 향해 빠르게 미끄러지고 있었다.

심온의 안색은 굳어 있었다.

강북에서 칠백 명을 불렀고 강남에서 오백 명을 불렀다.

우측에는 칠백 명의 무인을 비대위가 통솔하며 이끌고 있었고, 좌측에는 오백 명의 무인을 목하진과 비각의 고수들이 이끌고 있었다.

천여 명의 무인이 내는 발자국 소리는 천양 지역 전체를 울려대는 것 같았다.

"십기제군은 여전히 미남이군."

심온의 옆에서 나직한 목소리가 흘러나왔다.

동행을 약속한 적우강이다.

"제게도 그리 보입니다."

심온의 목소리가 무거워졌다.

저 먼 거리에서 무백의 기세가 아닌 얼굴이 먼저 보였다는 것이 신경 쓰이는 까닭이다.

"위축될 것 없소, 령주. 이렇게까지 할 수밖에 없는 령주의 간절한 그 마음을 믿으시오."

"……!"

심온은 적우강을 돌아보며 이채를 발했다.

적우강이 동행을 허락한 이유는 심온의 부탁도 부탁이지만 무백의 무공에 대한 호승심 때문이다.

그것을 알기에 당연히 수수방관할 줄 알았는데 말 몇 마디로 자신의 든든한 방패가 되어준 것이다.

"와룡문이 해체된다고 하면 내가 령주를 방해할 것 같았소? 나도 내 뜻대로 움직여 주지 않는 곳, 그다지 흥미 없소."

"알고 계셨습니까?"

"나도 귀는 열어두고 있소."

"죄송합니다. 저는……."

"다시 말하지만, 령주는 령주가 최선이라고 믿는 일을 하면 되오. 나 역시 그러하고 있으니."

'각자의 강호라.'

루애에서 곡대연에게 들었던 말을 적우강에게 다시 듣자 심온은 웃을 수밖에 없었다.

심온에겐 자신의 강호란 존재하지 않았다.

와룡문 그 자체가 심온의 강호였기 때문이다.

그렇다면 심온은 지금껏 다른 누군가의 강호를 만들어주기 위해 불철주야 애를 썼다는 말인가?

이러저러한 생각을 하며 심온은 무백에게로 다가갔다.

"잘 지내셨소, 십기제군?"

심온이 먼저 말문을 열었다.

"많이도 데리고 왔군요. 문주까지 대동하고."

"동행해 주겠다고 하시더군요."

"잠시 걸을까요?"

무백이 불쑥 상황에 어울리지 않는 말을 꺼냈다.

심온은 한시가 급하기에 거절하려 손을 올리려 했다.

"여기서부터 저기까지가 이제 금가장의 영역이 될 겁니다. 아직은 모두 모이지 않아서 금가장이라 부르고 있지만 곧 이름을 바꾸게 될 겁니다. 십제문(十帝門)을 염두에 두고 있습니다."

무백은 심온이 말을 꺼내기 전에 금가장 정문부터 앞으로 지어질 곳까지 손으로 가리켰다.

"십제문?"

심온의 눈동자가 흔들렸다.

백 년 전의 결사대는 총 열 명.

무백의 입에서 나온 지어질 문파의 이름이 십제문이라고 한다.

우연인가?

"우연일 리가 없지요."

"……!"

"좀 걸을까요?"

무백이 먼저 한 걸음 옆으로 움직였다.

심온도 더 이상은 자리를 지킬 수가 없게 됐다.

백여 보 정도 움직였을 때였다.

"지금부터 하는 얘기는 누구도 듣지 못하는 얘깁니다. 백 년 전 얘기이니."

'십기제군도 그때의 기록을 읽은 것인가?'

"창천리."

"흑!"

심온은 심장이 밖으로 빠져나오는 것 같은 착각에 신음을 터트리고 말았다.

창천리란 이름을 기억하는 사람은 현 강호에 아무도 없었다.

"처음 봤을 때 성씨가 달라 의아했소. 당신이 창천리 군사와 너무 많이 닮아서 말이오."

"무, 무슨… 차, 창… 천… 리… 구, 군사라니……."

"아홉 의형님의 후사를 죽음으로 책임지겠다고 했던 사람의 이름과 얼굴을 내가 기억하지 못할 리가 없잖소."

"……."

두근두근.

처음엔 느리게 뛰던 심장이 서서히 빨라지다 아예 심온의 가슴을 빠져나올 것처럼 발광했다.

"도, 도대체 지금 무슨 말을 하는 거요? 어디서 주워들은 얘기 따윌 함부로!"

"창심온. 이것이 당신의 이름이겠군."

무백이 서늘한 눈빛으로 심온을 바라봤다.

심온은 몇 번이나 입술을 달싹였으나 부정하는 말을 하진 못했다.

"나와 의형님들은 진마궁주가 죽은 것을 확인하고서야 의식을 잃었지. 깨어나 보니 세상이 모두 하얀색이더군. 잠력대법을 이미 시전해서 우리는 살아날 수 없는 상황이었지."

"서, 설마……."

"아홉 의형님께서 격체전력으로 영원히 잠들기 전까지 내게 진기를 주셨지. 잠력대법을 시전한 몸이라 혈도가 파열됐지만 의형님들의 진기는 살아 있는 듯 내 몸이 폭발하는 하는 것을 막아주었지."

무백은 잠시 얘기를 멈추고 공사를 멈춘 주위를 돌아보았다.

꿀꺽.

성을 되찾은 창심온은 마른침을 삼켰다.

그 자리에 자신이 있기라도 한 것처럼 머릿속으로 모든 상황이 그려졌기 때문이다.

"그렇게 백 년이 지나고서야 나는 밖으로 나올 수 있었소. 그다음의 내 행보에 대해선 당신이 더 잘 알겠지."

"……."

"내겐, 와룡문이나 군림회나 똑같은 자들로만 여겨질 뿐이오."

"아니오. 그건……."

"내가!"

쩌렁!

창심온은 깜짝 놀라 뒤를 돌아봤다.

엄청난 내공이 실린 목소리가 터졌으니 적우강이 달려들기라도 할 것 같아 돌아본 것이다.

그러나 적우강과 비위대는 물론이고 데려온 무인들조차 아무런 움직임이 없었다.

창심온이 무백을 돌아봤다.

"의형님들의 생명으로 다시 세상에 나오게 된 내가!"

주춤.

창심온은 숨을 쉬는 것도 잊고 뒤로 한 발 물러섰다.

"의형님들의 후손을 일일이 찾아다녀야 했다. 민이는 고아가 되어 버렸고, 진진이는 집안이 몰살당하는 참사까지 겪었으며, 아직 찾지 못한 의형님의 후손들은 어디서 무엇을 하

는지조차 모른다. 너희가 진마궁의 뒤를 이은 군림회와 무엇
이 다른가?"

"……."

창심온은 꿀 먹은 벙어리가 되어 입을 열지 못했다.

무백이 한 말 그대로였기 때문이다.

'탁무정 하나만으로도 강호는 절대 위기다. 만약 이 사람
의 분노가 강호로 향한다면.'

생각만 해도 끔찍했다.

아마도 무백은 지금 내공으로 대화를 차단하고 있을 것이
다.

초절정고수라면 그럴 수 있었다.

하지만 땅의 진동까지 차단할 수 있는 고수는 단천컨대, 창
심온이 살아온 평생 본 적이 없었다.

"백 년… 하아……."

창심온은 무백을 똑바로 보는 것이 너무도 두려웠으나 봐
야 했다.

할 말은 많았다.

창천리의 노력이 왜 이루어지지 않았는지.

정의맹과 진마궁, 두 세력 사이에 어떤 담합이 있었는지.

"입이 열 개라도 할 말이 없습니다."

"…강호는 어느 한 개인이 바꿀 수 없는 것임을 얼마 전에

야 깨달았다. 그렇게 해서 바뀔 세상이었으면 백 년 전에 그리 됐겠지."

"……."

창심온은 무백의 말투가 누그러지는 것을 느끼고 이채를 반짝였다.

"정의맹, 진마궁, 와룡문, 군림회 또 어디 어디……. 앞으로 많은 세력이 또 생겨나겠지. 내가 이곳을 보여준 이유는 한 가지다."

"말씀하시지요."

"이곳은 앞으로 영원히 불가침구역이 된다."

"불가침구역?"

"십제문의 식구들만이 출입할 수 있는 곳이란 의미다."

"지금 성역을 정하겠다는 말씀이신가요?"

창심온은 자연스럽게 극존칭으로 말투가 바뀌었다.

"내가 정하겠다는 것이 아니라, 그렇게 알려야 한다고 말하는 것이다. 이 영역에 들어오면, 모두 죽게 될 테니까."

무백의 목소리는 나지막했지만 음성에 만통의 신기를 담았기에 창심온은 죽는 날까지 잊지 못하게 될 것이다.

"와룡문이 해체되기 전에 전 지부에 공표하겠습니다."

"해체?"

"제가 이곳에 온 이유가 그 때문입니다."

창심온은 일부러 와룡문의 해체를 언급했다.

무백의 의중을 어떻게든 알아야 하기 때문이다.

다행히 무백은 와룡문의 해체란 말에 관심을 보였다.

이젠 죽을 각오로 곡대연과 나누었던 얘길 꺼낼 수 있게 됐다.

창심온은 곡대연의 연락을 받고 루애로 갔고 거기서 양 세력이 해체하기로 했으며 백 년 전처럼 탁무정의 거처를 비워놓겠다는 약속까지 했다는 얘길 모두 했다.

'역시 내가 깨어난 이유는 이 때문인가?'

무백은 야속한 하늘을 올려다봤다.

"그쪽에 있는 자의 이름은?"

"군사를 말씀하시는 겁니까?"

"……"

"혈뇌 곡대연이란 자입니다."

"알겠으니 위협도 안 되는 사람들은 그만 데려가도록."

"아, 알겠다? 그게 무슨 말씀이신지……."

창심온은 확인받고 싶어 일부러 되묻는 것이다.

무백의 표정이 싸늘하게 굳었다.

"돌아가라고 했다. 오늘부터 금역을 침범한 책임을 묻고 싶지 않으니."

"알겠습니다. 허면 날짜라도 알려주시면 그때에 맞춰서 움직이도록 하겠습니다."

"단 소협을 통해 전하지."

'아! 단 소협!'

창심온은 그제야 와룡문에 있는 단극의 얼굴을 떠올렸다. 동시에 등골이 서늘해지고 말았다. 만약 오늘 이 자리에 단극을 데려왔다면 창심온은 오늘이 생애 마지막 날이 됐을 것이기 때문이다.

창심온은 후들거리는 다리를 억지로 움직여 사람들이 기다리는 곳에 도착했다.

해쓱해진 창심온의 안색을 본 적우강이 금가장 안으로 들어가는 무백을 쳐다봤다.

"그, 그러지 마십시오, 문주님. 저분께선 아무것도 하지 않으셨습니다."

"저분? 무슨 일이 있었던 거요, 령주? 십기제군을 왜 그렇게 부르시오?"

"…아무 일도 없었습니다."

"령주의 안색이 사색이 됐는데도 말이오?"

"돌, 돌아가서 모두 말씀드리겠습니다."

창심온은 한시라도 빨리 이곳을 벗어나고 싶었다.

무백의 진정한 실체를 보고 난 뒤에 데려온 천 명이 넘는 무인을 보자 저절로 한숨이 나왔다.

　전원이 덤빈다고 해도 전멸이 언제 되느냐의 문제일 뿐임을 확실히 깨달았기 때문이다.

　'십기제군… 저분이라면 된다!'

第八章

때가 됐다

푸드덕―

전서구가 지친 날개를 접으며 창심온의 방으로 날아들었
다.

"확인해 보게, 주 각주."

창심온은 시선을 창밖에 고정시킨 채 움직이지 않았다.

주봉은 늘 해왔던 일이기에 자연스럽게 전서구의 다리에
묶인 쪽지를 풀어 읽었다.

"여전히 내부에서 공사 소리가 요란하다고 적혀 있습니
다."

"아직도 공사 중이라고?"

심온의 표정에 실망의 빛이 드러났다.

무백을 만난 지 이십여 일이 지났다.

공사가 끝났을 리 없다는 것을 알면서도 매일같이 금가장으로 데려갔던 인원을 전부 모아 인부로 데려가고 싶은 마음이 간절했다.

"령주님, 오히려 잘된 일 아닙니까?"

"잘된 일?"

"시간이 길어질수록 군림회의 마인들이 탁무정의 손에 사라질 것 아닙니까?"

"……."

"차라리 이대로 내버려 두고 군림회 스스로 자멸하게 두는 게 나을 것도 같습니다."

"자멸? 군림회가?"

창심온은 주봉의 진지한 얼굴을 보며 놀랍다는 표정을 지었다.

"탁무정이 지금보다 더 미쳐준다면 말이지요."

"픕! 파하하하! 주 각주, 자네가 지금까지 한 농담 중 가장 재미있는 말이야."

"령주님, 저는 심각합니다."

"설마."

"진심입니다."

"진심이라고?"

"예."

"설마 혈뇌가 탁무정의 손에 죽을 때까지 기다릴 거라 여기나? 않는 소리를 하는 건 아직 무언가를 노리고 있다는 뜻이야."

"무언가?"

"누군가 자신들 대신 탁무정을 죽여주길 기다리는 것이지. 그 뒤에 나서려 할 테니까. 하아……."

대답을 해주던 창심온은 미간을 찌푸리며 한숨을 내쉬었다. 지금과 같은 시기에 무백이 나서준다면 더할 나위 없이 좋지만 무백은 금가장, 아니, 십제문에서 꼼짝도 하지 않고 있었다.

"령주님, 차라리 사람을 금가장에 보내 군림회의 상황을 십기제군에게 전하면……."

"큰일 날 소리!"

"……!"

"몇 번을 말해야 알아들을 건가, 주 각주! 사람은커녕 그쪽 방향으론 말도 해선 안 돼!"

창심온은 주봉을 향해 버럭 소리를 질러댔다.

금가장과 관련된 얘기만 하면 창심온은 저 표정이 됐다.

"아, 알겠습니다."

"다른 생각 말고 문도들의 수련에 더더욱……."

'수련에 박차를 가해 다시는 군림회와 같은 사파의 무리가 설치지 못하게 힘을 키워야…….'

"…하네."

지난 이십여 일 동안 수도 없이 들은 말이라 주봉은 토씨 하나까지 모두 외우고 있었다.

창심온의 명령으로 와룡문의 무인 중 몇몇은 이십여 일 동안 무림명숙들의 도움을 받아 실력이 부쩍 늘기도 했다.

이렇게 또 다시 하루가 저물고 있었다.

*   *   *

선하연은 서쪽 하늘을 붉게 물들이며 옷자락을 끌어당기는 노을을 보며 길게 한숨을 내쉬었다.

요즘 들어 부쩍 한숨 쉬는 횟수가 늘어났다.

공사 현장이 한눈에 보이는 곳에서 하루 종일을 보내는 바보 같은 남자 때문이다.

'그날 이후로 한 번을 찾아오질 않아. 으으으.'

창심온이 수백 명의 무인과 함께 금가장을 위협하러 왔을 때, 선하연은 기다릴 수 없다며 곧장 정문으로 달려갔다.

그러나 어찌된 일인지 창심온은 무백과 한참 동안 얘기를 나누곤 그 많은 무인을 데리고 왔던 길로 가버리고 말았다.

그날 이후부터였다.

선하연에게 다정했던 무백이 찾아오기는커녕 안부도 건네지 않는 것이 아닌가?

사흘째는 도저히 참지 못해 자존심을 버리고 무백을 찾아갔다. 허나 첫 인사만 빼곤 말 한마디 붙이지 않는 모습에 멀뚱히 앉아 있다 돌아와야 했다.

진 호선과 양 호선은 그 과정을 모두 지켜봤기에 당장 빙궁으로 돌아가자고 성화를 부렸지만, 선하연은 그래서 더욱 돌아가기 싫었다.

첫 만남에 반한 쪽은 자신이지만 무백 역시 같은 감정을 가지고 있음을 알고 있었다.

"아무리 일이 좋아도 그렇지……."

선하연은 무백의 무관심이 공사 때문이고, 저 공사가 끝나면 다시 자신에게 관심을 가질 것이라 믿었다.

그래도 화가 나는 건 어쩔 수 없었다.

"아가씨, 흑 총관이 찾아왔습니다."

진 호선은 흑광이 무백의 사람이란 것을 알기에 못마땅한 표정을 감추지 않고 드러냈다.

"들어오라고 해요."

"아, 아가씨?"

"뭐해요, 진 호선?"

선하연의 표정이 환해지며 날듯이 탁자로 갔다.

잠시 후, 커다란 덩치가 인상적인 흑광이 방으로 들어섰다.

"주……."

흑광은 말이 멈췄다.

양쪽에서 두 호선이 죽일 것처럼 노려보고 있었다.

무백 때문에 속상해하는 선하연 앞에서 꺼낼 말이 아니기 때문이다.

"요즘 아름다운 모습을 통 뵐 수 없어 걱정돼서 찾아뵈었습니다."

"호호호."

선하연은 흑광의 한마디에 표정이 살아나며 요 근래 처음으로 크게 웃었다.

"주군에 관해 말씀드릴 것이 있어서 찾아왔습니다."

"그게 뭔데요?"

선하연의 눈빛이 반짝 빛을 뿌렸다.

"그게……."

흑광이 좌우를 번갈아 쳐다봤다.

두 호선이 지켜보고 있어서 말하기 곤란하다는 표현이다.

"두 분은 나가 계세요."

"아가씨, 저는 이자가 무슨 수작을 부릴지 몰라 자리를 뜰 수 없습니다."

"무 소협 얘기를 하신다잖아요."

선하연이 갑자기 자리에서 벌떡 일어나 양손을 허리에 대며 두 호선을 쳐다봤다.

"아가씨, 제가 데리고 나갈 테니 말씀 나누세요."

눈치 빠른 양 호선이 재빨리 진 호선의 팔을 잡아끌며 방을 나섰다.

그제야 선하연의 표정이 누그러지며 다시 자리에 앉았다.

"이제 말씀하셔도 돼요. 뭐죠? 무 소협에게 무슨 일이 생겼나요? 왜… 그러는 거죠?"

선하연이 빠르게 말을 쏟아냈다.

흑광은 선하연의 반응을 찬찬히 살피다가 이내 회심의 미소를 지었다.

'역시 설미와 비슷한 분위기다.'

흑광은 강가장에서 설미에게 고백도 못하고 주위만 뱅뱅 돌던 기억을 떠올렸다.

백가명 등이 바람을 잡아 설미와 합방을 시켜주지 않았다면 지금까지도 바보처럼 설미의 뒤만 졸졸 따라다니고 있었을지도 몰랐다.

"일검지주 어르신과 빙선 어르신께서 나누는 대화를 우연히 듣게 됐는데, 주군께서 곧 어딘가로 떠나실 모양입니다."

"그 와룡문의 영웅령주란 분과 약조를 했다죠?"

"일검지주 어르신과 빙선 어르신께서 걱정할 정도면 상당히 위험한 일인 것 같은데……."

"소용없어요. 그걸 말려달라고 찾아오신 거면……."

"그건 아닙니다. 제가 감히 주군께서 하시는 일에 나설 수 있나요. 단지."

"……?"

"주군께서 떠나기 전에 뭔가를 하지 않으면 두고두고 후회하실 일이 생길지도 모르실 것 같아 제 경험담을 들려드리려고 왔습니다."

"제가 후회할 일과 혹 총관의 경험담이 무슨 연관이 있는 거죠?"

"제가 강가장에 있을 때 설미, 아… 주모께선 모르시겠지만 지금 제 안사람입니다."

"아, 네에."

"사실 설미는 강가장이 비어 있을 때 그곳에 자리를 잡은 사람의 내자였습니다. 그러다 주군의 도움으로 함께 지내게 됐는데 딱히 강가장에 정을 붙일 구석은 전혀 없었지요. 제가 붙잡기 전엔 말입니다."

"……."

"주군의 부르심을 받고 이곳으로 올 때, '당신 아내와 아들이 당신을 기다리고 있다는 것, 잊지 마세요.' 라고 설미가 그러더군요."

"어머나……."

선하연은 흑광의 말에 볼이 발그레해지며 좋아했다.

설미란 여인이 흑광에게 해준 말을 무백에게 해주면 얼마나 좋을지 상상만으로도 기분이 좋아진 것이다.

"주군께서 일부러 주모를 밀어내는 것 같아 말씀드리는 것입니다."

"헌데, 흑 총관께선 그분을 어떻게 붙잡았는데요?"

"예?"

"조금 전에 붙잡았다고 하셨잖아요."

"아, 그… 그게……."

흑광은 선하연이 무슨 말인지 알면서 모른 척하는 건지 정말로 모르는 건지 살펴봤다.

"뭔데요, 예?"

"설미가 자는 방에 들어갔습니다."

"……."

"……."

방 안에 침묵이 흘렀다.

흑광은 말을 해놓고 나자 심장이 서늘해지는 한기를 느끼며 급히 자리에서 일어났다. 언제든 도망칠 준비를 하기 위해서였다.

"저, 저는 이만⋯⋯."

"⋯⋯."

"주, 주모⋯⋯."

허락을 구하기 위해 선하연을 불렀으나 선하연은 멍한 표정으로 허공만 바라보고 있었다. 흑광의 말에 상당한 충격을 받은 것이 분명했다.

흑광은 선하연이 정신을 차리기 전에 일단 눈앞에서 사라져야 했지만 그러다 밖에서 지키고 있는 두 호선에게 걸리면 더 큰 문제였다.

'무 소협이 자는 방에 들어갈 수 있으려나?'

선하연은 흑광의 말을 진지하게 고민해 봤다.

대부분이 여자인 독립된 공간에서 자라온 그녀에게 흑광의 얘기는 그리 큰 충격이 아니었다. 실제로 남자를 찾아 빙궁을 떠났던 제자들의 얘기도 종종 들어왔기 때문이다.

"고마워요, 흑 총관."

"예?"

"일리 있는 말씀이세요. 목마른 사람이 우물 파야죠. 자존심은 상하겠지만 그래도 시도는 해볼 만한데요?"

선하연은 한층 밝아진 표정이 됐다.

무백이 선하연을 찾아오게끔 만들라는 흑광의 얘기가 어째서 그 반대의 얘기로 변한 것인가?

흑광은 어리둥절한 표정으로 선하연의 아름다운 얼굴을 쳐다보기만 했다.

어쨌든 흑광이 선하연을 찾은 소기의 목적은 달성한 셈이 됐다.

드드드─

"……!"

무백을 만나기 위해 돌아다니던 흑광은 금율의 집무실로 들어가다 땅이 흔들리는 진동에 깜짝 놀라 멈춰 서서 사방을 경계했다.

부스스─

금율의 집무실 처마에서 진동의 잔재가 흘러내렸다.

"금 장주님!"

흑광은 땅을 박차 집무실로 뛰어들었다.

"왔는가, 흑 총관?"

"괜찮으십니까?"

"허허허. 그럴 리가 있나. 수명이 한 오 년은 짧아진 것 같은데."

금율은 웃으며 찻잔을 입에 댔다.

안으로 들어선 흑광은 혼자 있는 금율을 보고 머쓱해져서 나가지도 못하고 그렇다고 자리에 앉지도 못한 채 어정쩡한 자세로 입구에 서 있었다.

"왜 그렇게 서 있는가? 이리로 와서 앉게."

"주군이 아무 곳에도 안 계셔서 찾다가 갑자기 땅이 흔들리는 바람에 저도 모르게 실례를 범했습니다."

"땅이 흔들릴 정도의 무공이 격돌한 곳에 뛰어들어 어쩌려고 했나?"

"예? 그야 도우려고……."

"앞으론 그러지 말게."

"예?"

"자네는 앞으로 이 넓은 곳의 일정 부분을 관리해야 하는 위치에 오를 사람이네. 무인으로서의 흑광이 아닌 총관으로서의 흑광이 우선시되어야 한다는 뜻이네. 알겠는가?"

"…명심하겠습니다."

반권의 꾸준한 수련으로 나름 무공도 자신이 생겼지만 금가장에 온 뒤로 그것이 얼마나 자만이었는지 반성하던 중이었다.

금율의 한마디는 지금의 흑광에게 자신의 정체성을 확실하게 해주는 충고였다.

"역시 흑 총관이야. 허허허. 무 사부와 두 어르신께선 지하에 계시네."

"그럼⋯⋯."

"근래 들어 세 분의 회합이 잦아졌다네."

"처마가 위험해 보입니다."

"새로 지어주시겠지. 오래되기도 했고. 허허허."

금율은 자포자기한 얼굴로 너털웃음을 터트렸다.

그 모습에 흑광도 웃고 말았다.

"그래, 무슨 일로 무 사부를 찾는 겐가?"

"그게⋯⋯."

흑광은 잠시 대답을 망설이다 발아래를 몇 번 두드려 보고
는 금율에게 바짝 다가갔다.

"주군께서 며칠만이라도 귀빈실 제일 위층에 묵으셨으면
어떨지 여쭈려 했습니다."

"귀빈실 제일 위층? 무 사부께서 그곳에 머무실 리가 없다
는 걸 누구보다 흑 총관이 잘 알지 않던가?"

"조금 전에 주모⋯ 선 아가씨를 뵙고 오는 길입니다."

"그런데?"

"제가 보기에 주군과 선 아가씨께선 아직⋯ 방법을 모르시
는 것 같아 제가 몇 말씀 드리고 왔습니다."

흑광은 선하연과의 대화를 빠짐없이 금율에게 들려주었
다. 처음엔 언짢아하는 빛이 역력하던 금율의 입가에 잔잔한

미소가 얹히기 시작하더니 급기야는 수염을 매만지며 큰 소
리로 웃었다.

"아가씨께서 그리 말씀을 하셨다고?"

"예. 해서……."

"내 책임지고 무 사부를 귀빈실 최상층에서 지내도록 하겠
네."

금율의 눈에 의지가 느껴졌다.

금율 역시 무백과 선하연을 엮어주려 얼마나 노력을 했는
지 몰랐다. 그것을 흑광이 두 사람의 상황을 제대로 꿰뚫어
보고 수를 쓴 것이다.

"대단하군, 대단해."

금율은 흑광을 보며 연신 고개를 끄덕였다.

평생을 상인으로 살아온 금율은 겉으론 드러내지 않지만
사람 보는 눈에 자신 있었다. 그런 금율의 눈에 흑광이 빛나
고 있는 것이 보인 것이다.

어둠이 귀빈각을 감쌌다.

무백은 귀빈각 앞에 멈춰 서서 위를 올려다봤다.

'오늘로써 모든 준비가 끝났다. 금 장주님은 항상 나를 놀
라게 하는구나. 내일 새벽 일찍 떠날 것을 어찌 알고…….'

무백은 헛웃음이 다 나왔다.

내일 군림회로 떠나는 것은 좌전과 빙선 외엔 아무도 알지 못하는 일이었기 때문이다.

어차피 귀빈실에 들어가도 잠을 청할 순 없었다.

'일검지주와 빙선의 무공은 생각보다 훨씬 깊다. 덕분에 모자라다고 여기던 의형님들의 무공을 좀 더 쉽게 다룰 수 있게 됐다.'

금율의 집무실 지하에서 얻은 새로운 흐름을 정리하고 몸에 새기려면 밤새 삼단전을 개방시켜야 한다.

'음?'

막 최상층 귀빈실의 문을 열려 할 때였다.

안에 누군가 있었다.

향기나 기척으로 아는 것이 아니라 안에 있는 여인과 함께 있을 때면 느껴지는 기분 좋은 감정이 일어난 까닭이다.

"다 보고 있었으니까 도망칠 생각은 하지도 마세요."

청아한 선하연의 목소리가 무백으로 하여금 저절로 한숨을 쉬게 만들었다.

생각해 둔 것과 다른 밤이 될 것 같은 예감이 든 것이다.

"선 소… 음."

문을 열고 안으로 들어가는 순간, 무백은 재빨리 문을 닫으며 주위를 살펴야 했다.

선하연이 어디서 구했는지 안에 입은 속옷이 다 비치는 나

삼 한 겹만 걸치고 침상 위에 앉아 있었다.

꿈뻑꿈뻑.

백 년 전에도 못 해본 경험이기에 무백은 어쩔 줄 몰라 하며 자리에서 꼼짝도 하지 않았다.

그 모습에 선하연은 미간을 찌푸렸다.

여기까지는 나름 혼자서 준비를 했지만 이 뒤로는 어떻게 해야 하는지 모르는 까닭이다.

두 남녀는 한동안 각자의 자리에서 멀뚱히 서로를 바라보았다.

"일단 이리로 오세요. 용기 낸 사람 부끄럽게……."

선하연이 침상 한쪽을 두드리며 시선을 돌리자 그제야 무백도 행동이 빨라졌다.

"아!"

감탄사가 채 끝나기도 전에 선하연의 옆에 앉았고 또다시 침묵이 흘렀다.

무백은 기감을 퍼뜨려 혹시나 누군가, 정확히는 두 호선이 언제 들이닥칠지 모른다는 생각에 문 쪽을 바라보았다.

그때, 등에 뭉클한 감촉이 닿았다.

자연스레 심장이 미친 듯이 뛰어댔다.

그동안 할 수 없었던 백 년 동안의 이야기가 빠르게 머릿속을 지나갔고 이제라도 선하연을 위해서 고백해야 한다는 생각도 지나갔다.

그러나 두 사람만 있는 곳에선 먼저 용기를 낸 사람이 절대 강자인 법. 백색 피부의 손이 무백의 목을 타고 내려왔다.

무백은 자연스럽게 돌았고 수줍은 선하연의 눈이 보였다. 순간, 고백이고 뭐고 머릿속이 하얘지며 오로지 인간으로서의 본능이 무백의 전신을 지배했다.

스르륵―

선하연이 입고 있던 나삼이 바닥으로 흘러내렸다.

*   *   *

열흘 후 새벽.

짧은 내용의 서찰 한 장이 창심온에게 전해졌다.

'됐다!'

서찰을 쥔 창심온의 눈빛이 타올랐다.

서찰 끝에 '무백' 이란 글자가 적혀 있었기 때문이다.

"주 각주! 삼전의 전주들을 문주전으로 부르도록!"

"예!"

창심온은 주봉의 대답을 뒤로하고 자신의 방을 나섰다.

　　　　　*　　　*　　　*

　"보고 드립니다."

　허공에서 야괴의 음성이 흘러나왔다.

　"와룡문이 움직였느냐?"

　"예상대로 문주와 삼전의 전주들까지 모두 나섰다고 합니다."

　"버틴 보람이 있구나."

　곡대연은 희미한 웃음을 지었다.

　장기를 둘 때 몇 수 앞을 내다볼 수 있느냐에 따라 승부가 갈라진다.

　창심온이 조금만 더 버텼다면 곡대연은 결국 먼저 움직이는 쪽을 택할 수밖에 없었을 것이다.

　"성마전주와 집마전주에게 전부 서쪽으로 이동하라고 전해라. 구마에겐 내가 직접 알리겠다."

　"존명."

　"이제 강호가 새 주인을 맞이할 날이 얼마 남지 않았다."

　곡대연은 언제 초췌했느냐는 듯 활짝 웃었다.

　　　　　*　　　*　　　*

와룡문과 군림회의 움직임에 가장 민감한 사람들은 오히려 강호와 무관한 일에 종사하는 사람들이다.

오늘도 자화루주는 창밖을 통해 거리를 관찰하고 있었다.

평소와 다름없는 인파들.

듬성듬성 보이는 무기를 소지한 무인들.

크게 걱정할 것 없이 장사를 하면 된다.

"문을 열고 손님을 맞아라."

자화루주의 명령이 떨어지자 각층을 맡은 총관들이 빠르게 자신들의 층으로 내려갔다.

"웅? 저건 뭐지?"

평화롭기만 하던 거리가 갑자기 정지하더니 골목 이곳저곳에서 무기를 든 무리가 쏟아져 나오기 시작했다.

'빌어먹을! 그 말이 사실이었단 말인가?'

얼마 전, 표물을 이끌던 지인이 일부러 찾아와 당분간 삼군의 부하들이 출입하는 걸 조심하라고 알려주곤 서둘러 떠났다.

이 거리가 삼군의 영역이란 것을 잘 아는 사람이 뜬금없는 말을 남기고 사라지자, 자화루주는 신경이 쓰이지 않을 수 없었으나 지금까지 잘해왔기에 그냥 넘겼다.

거리로 쏟아져 나온 무리는 분명 삼군의 부하들이었다. 헌데, 그들의 움직임이 평상시와 좀 달랐다.

힘을 과시하기 위해 거리로 나선 것이 아니라 무언가를 경계하듯 지나가는 사람들을 살피는 것이 아닌가?

"루주님, 삼군 쪽에서 대모의 전언을 전했습니다."

"대모의 전언? 뭐라고 하더냐?"

"나중에 두둑이 얹어줄 테니 부하들 밥을 해결해 주라 합니다."

"공짜로?"

"조만간 와룡문과 전쟁을 벌여야 할지도 모른다고……."

"전쟁?"

자화루주는 지인이 했던 말을 떠올리며 갖은 인상을 다 썼다.

고민은 짧을수록 좋다.

가족들을 먼저 안전한 곳으로 보내고 곧장 어느 쪽이 우세한지 알아내야 한다.

이럴 때를 대비해 모은 돈은 아니지만 살아야 쓸 수 있는 게 돈이잖은가?

자화루주의 발걸음이 빨라졌다.

그동안 뿌려놓은 빚을 받기 위해 사방으로 연락을 취하려는 것이다.

두 세력의 결전이 가까워졌다는 소문은 어느새 강호의 낮은 곳까지 모두 퍼져 있었다.

    *   *   *

옅은 청색이 밤을 걷으며 서서히 모습을 드러냈다.

째르르— 짹짹!

산새 소리가 일제히 숲을 울렸다.

무백의 연락을 받자마자 출발해 군림회 본진이 새끼손가락 한마디만 하게 보이는 곳에 자리를 잡고 있었다.

창심온의 시선이 뒤쪽 하늘을 향했다.

그의 뒤로 백여 명은 족히 되는 무인의 시선 역시 같은 방향으로 돌려졌다.

일제히 날아오른 새들이 하늘을 가로지르며 바쁘게 날개짓을 해댔다.

위험을 감지한 본능적인 움직임.

창심온은 옆을 돌아봤다.

무백의 기척이 감지됐느냐는 질문이 담겨 있었다.

"온 모양이군."

적우강이 고개를 끄덕이며 창심온의 질문에 대답해 주었다. 허나 삼전의 전주들은 일제히 고개를 좌우로 가로저었다.

"아미타불. 아직 보이지 않습니다."

세 전주 중 가장 내공이 심후한 자허선사가 신중하게 말문을 열다 시선을 뒤쪽으로 돌렸다.

"새들은 사람보다 위험을 감지하는 능력이 뛰어납니다, 천룡전주님. 누군가가 일부러 새들을 움직이게 만든 것이지요."

"문주님, 십기제군이 도착했다는 말씀이십니……."

적우강의 말을 반신반의하던 자허선사의 눈빛이 한순간 이채를 뿌렸다.

"이럴 수가! 분명 아무런 기척도 느낄 수 없었거늘!"

자허선사의 시선이 허공 한 점에 꽂힌 채 고정됐다.

스스슷—

바람이 숲 저쪽에서 작게 밀려왔다.

사도무량과 백승이 그 바람이 자연스럽게 분 것이 아니라 인공적으로 만들어낸 것임을 깨달은 때는 바로 다음 순간이었다.

고오오—

"저것이 정녕 인간이 낼 수 있는 속도인가?"

자허선사가 이번에도 가장 먼저 탄성을 터트렸다.

"천룡전주님, 무엇을 보신 것입니……."

천룡전의 고수가 의아한 눈으로 물으려 할 때였다.

콰콰콰콰!

"헉!"

숲에 폭풍이 몰아닥치며 사람들을 휩쓸었다.

그제야 적우강과 삼전의 전주들 눈에 한 개의 점이 또렷하게 보였다.

"영웅령주, 십기제군의 능력이 저 정도였을 줄은 상상도 못했습니다."

백승이 혀를 내두르며 말을 꺼냈다.

"허! 늑대를 쫓으려다 호랑이를 끌어들인 격이 아닐는지 걱정입니다그려. 아미타불."

근심 섞인 불호를 외며 자허선사는 이젠 텅 비어버린 하늘을 쳐다봤다.

"저 사람이 십기제군……."

사도무량은 자신도 모르게 와룡문에서 봤던 무백의 얼굴을 떠올렸다.

약관의 나이에 천하제일을 다툴 만한 고절한 무공.

"오늘, 십기제군이 살아서 군림회를 걸어 나온다면… 다음 세대의 강호는 그의 것이 될 것입니다."

목소리는 사도무량의 것이었지만, 적우강과 두 전주 역시 같은 생각을 하고 있었다.

"천룡전주님, 호랑이라고 하셨습니까? 그 정도라면 괜찮습니다. 겨우 호랑이 정도라면."

창심온의 독백이었다.

이들 중 무백의 진정한 정체를 알고 있는 유일한 사람이기에 할 수 있는 말이었다.

부르르.

창심온의 몸이 떨렸다.

무백과 마주했던 그 순간의 무기력함이 다시 떠오른 까닭이다.

"이 늙은이들도 함께 갑시다."

창심온을 비롯해 적우강과 삼전의 전주들은 일제히 시선을 옆으로 돌렸다.

허공에 둥실 떠오른 채 완만한 속도로 내려오는 노인 둘.

좌전과 빙선이었다.

"허공답보!"

적우강은 자신도 모르게 탄성을 터트렸다.

삼전의 전주들도 놀라긴 마찬가지였으나 두 노인의 정체를 모르기에 긴장한 표정으로 쳐다봤다.

"검각의 일검지주와 빙궁의 빙선이십니다. 창 모는 두 분을 뵙게 되어 영광입니다."

창심온이 포권을 취했다.

적우강과 삼전의 전주들에게 경계할 것 없다는 말을 인사로 대신한 것이다.

좌전과 빙선의 등장으로 창심온의 표정이 밝아졌다.

"자네가 창 군사의 후손인가?"

"…그렇습니다."

"우린 검각과 빙궁과는 무관한 신분으로 온 걸세."

"……?"

"십제문에서 나왔네."

"아!"

창심온은 깜짝 놀란 눈이 되어 좌전을 바라봤다.

좌전이야 검각의 인물이니 그럴 수 있다 여겼지만 빙궁의 빙선까지 십제문 사람이 됐을 줄은 생각지도 못했기 때문이다.

"십제문? 그런 곳이 있었소, 령주?"

적우강이 대화를 듣다 이상함을 느꼈는지 나섰다.

삼전의 전주들도 처음 듣는 이름이기에 창심온을 돌아봤다.

"백 년 전, 강호를 살린 분들의 후예가 모여서 만든 곳입니다. 오늘 우리를 도와 탁무정을 상대할 분이 계신 곳이기도 하지요. 자세한 설명은 오늘 이후 따로 자리를 마련해 말씀드리기로 하지요."

창심온은 담담하게 설명을 했다.

"앞으로 군림회와 같은 세력은 만들어지지 않을 것이오. 혈뇌란 자와 그의 제자 둥재는 오늘로 사라지게 될 테니."

"둥재를 어찌… 아! 악도!"

창심온은 좌전이 어떻게 둥재를 아는지 의아해하다 심제문의 일원인 요풍을 떠올린 것이다.

"갑시다. 무백께서 신호를 준다고 하셨소."

좌전은 빙선과 먼저 군림회를 향해 움직였다.

*   *   *

곡대연은 거처를 잡다한 일을 하는 자들이 머무는 십 층 전각으로 옮겼다. 이곳으로 옮긴 이유는 별관이 정면으로 보이기 때문이다.

성마전과 집마전은 그 전각의 앞뒤에 자리 잡게 만들었고 구마는 자신과 같은 전각에 머물도록 하였다.

창심온을 만난 이후 지금까지 곡대연은 한 번도 탁무정을 만나러 가지 않았다.

정면에서 보는 별관은 텅 빈 집 같았다.

"오늘이다. 저곳은 오늘부로 군림회에서 사라지게 될 것이다."

"그들이 움직이기 시작했다고 합니다."

"그래? 약속은 제대로 지키는구나."

곡대연은 야괴의 보고에 숨을 크게 들이마셨다.

구마들 역시 소식을 접했는지 곡대연이 느낄 수 있도록 기세들을 피워댔다.

"예고를 하지 않는 것을 보니 지켜볼 생각은 없어 보입니다."

"암습이라니. 실망이구나, 심온."

"창심온이라고 이름을 바꾸었다고 합니다."

"안다. 창심온. 잘 아는 성씨지."

곡대연은 혀를 찼다.

결사대에게만 허락했더니 욕심을 내기로 결정한 모양이었다.

"처리하라고 하겠습니다."

"아니, 아니. 일단은 들여보내도록 해라. 나라도 그랬을 게야. 이곳에 군림회의 최정예가 모두 기다리고 있음을 알게 해주는 것도 나쁘지 않다."

곡대연의 말을 아래층이 모두 듣기라도 했는지 일제히 불이 켜졌다.

그러나 멀리서 다가오는 무리가 가까워질수록 곡대연의 표정이 심각하게 굳어갔다.

결사대 정도로 생각했던 인원이 생각보다 많았기 때문이다.

이윽고 일단의 무리는 아무런 충돌 없이 곡대연이 기다리고 있는 전각까지 무사히 들어왔다.

"자주 뵙습니다, 혈뇌."

앞으로 나서며 누군가 곡대연을 불렀다.

"생각보다 많이 데려오셨소, 심… 아니, 이젠 창 령주라고 해야겠구려."

"혈뇌께서 준비하고 계신데 저라고 빈손으로 올 수 있겠습니까?"

창심온은 웃으며 곡대연의 말을 받았다.

"역시 창 령주요. 지금 그 모습을 보니 예전에 와룡문에 들어갔을 때가 생각나는구려. 아! 입장은 반대였지만 말이요."

"그때 생각이 나서 문주님을 모셔왔습니다."

창심온은 옆으로 반보 물러서며 옆을 돌아봤다.

"와룡문주 적우강이요. 초대해 주셔서 얼마나 감사한지 모르겠소."

"오! 그대가 와룡문의 허수아비라는 적 문주요? 내려가 직접 얼굴이라도 대면하고 싶지만 그러기엔 거리가 너무 멀구려."

"원하시오? 원한다면 내가 올라가는 것도 마다하진 않겠소."

적우강은 곡대연의 화술에 냉정을 잃지 않았다.

그러기엔 지금까지 준비한 것이 아깝다는 것을 잘 아는 까닭이다.

"그러고 보니 삼전의 전주들에겐 인사도 건네지 못했구려. 다들 잘 지내셨소?"

곡대연이 천지인 삼 전주를 향해 슬쩍 손을 들었다.

순간, 전각의 창문이 일제히 열렸다.

그 모습은 가히 장관이었다.

"자허, 아직도 움직이고 있군."

창문 중 한 곳에서 붉은 가사를 걸친 인영이 땅에 내려서며 입을 열었다.

"아미타불. 누가 그리 요란하게 떨어지나 했더니, 천룡사(千婼寺) 주지 가답 시주였구려. 오랜만이오."

자허선사는 가답의 거대한 체구를 보고 반갑게 맞아주었다.

천룡사 주지 가답.

서장의 활불이라 불리는 자로, 법전보단 피로써 수많은 인명을 해탈시켜 준 마두였다.

슥—

"사도무량은 내가 맞겠소."

가답의 그림자에 숨어 있었던가?

마르고 길쭉하며 세 가닥 수염이 가지런히 난 중년인이 갑자기 나타났다.

"파심군 동구적? 당신 혼자 말인가?"

사도무량은 동구적을 보며 고개를 갸웃거렸다.

"그 오만함은 여전하군."

동구적은 상대하기도 귀찮다는 듯 코웃음을 쳤다.

"그럼 이 백승은 누굴 상대해야 하려나."

큰 덩치의 백승이 입맛을 다시며 앞으로 나섰다.

이십여 명의 와룡문 정예와 구마.

누가 봐도 구마의 승리였다.

"이자들인가?"

아주 자연스럽게 들려온 늙수그레한 목소리에 사위가 조용해졌다.

위에서 내려다보는 곡대연과 바닥에 내려선 가답과 동구적의 시선이 한곳을 향했다.

무리에서 빠져나오는 작은 키에 평범한 걸이로 나서는 노인과 전신은 은색으로 도배한 것처럼 하얀 노인.

좌전과 빙선이었다.

두 사람은 바닥에 내려선 자들을 보며 고개를 미미하게 흔들었다.

오싹!

'저자는 대체……'

가답과 동구적의 시선에 불안함이 스쳤다.

처음 보는 노인들이건만 눈을 마주친 순간 간담이 서늘해
진 것이다.

"걱정 말거라. 너희를 보러 온 것이 아니니. 위쪽에 숨어
있는 자가 혈뇌인가?"

'나를 찾아?'

곡대연은 아래쪽을 내려 보다 자신도 모르게 뒤로 물러섰
다.

좌전의 눈에서 뿜어 나온 안광에 겁을 집어먹은 까닭이다.

좌전은 물러서는 곡대연을 보고 웃었다.

각층마다 구마가 부하들과 함께 내려다보고 있다는 것을
잊기라도 한 것 같은 행동이었다.

'저런 고수가 이곳에 있다면 저곳은 대체 누가?'

곡대연의 시선이 막 별관으로 돌아간 순간이었다.

쿠콰콰콰콰콰콰!

거대한 폭음과 함께 별관의 앞 공터가 뿌연 연기를 일으키
며 폭발을 일으켰다.

"시작하셨나 보군."

좌전은 별관 쪽을 보며 근심 어린 혼잣말을 꺼냈다.

무백이 좌전과 빙선을 창심온 등에게 합류하라고 한 건 백
년 전과 같은 일을 만들지 않기 위해서라고 했다.

혼자서 해야 하고, 그럴 수 있다고.

좌전은 본 적도 없는 군림회주의 힘이 어느 정도인지 그 순간 느낄 수 있었다.

비록 무백이 만들어낸 공간이긴 해도 좌전과 빙선은 합공을 했음에도 무백을 꺾지 못했다. 그것도 한두 번이 아니라 계속해서.

그런 무백이 긴장을 숨기지 않았다.

"갈!"

좌전의 생각은 거기서 멈춰야 했다.

폭음과 동시에 삼전의 전주들과 구마가 충돌을 했기 때문이다.

第九章

불두제거무

꾸— 웅!

별관 전체가 흔들리며 진동이 내부로 전해졌다.

별관의 지하에 마련되어 있는 널찍한 침상에 죽은 듯 누워
있던 탁무정의 신형이 누운 상태 그대로 일어섰다.

"찾았군."

탁무정의 시선이 천정부터 석실 내부를 빠르게 훑어 내렸
다. 대리석 벽에는 불경이라도 새긴 것처럼 무수히 많은 글자
가 적혀 있었다.

탁무정은 침상에서 내려와 석실 문 앞에 멈춰 서서 가볍게

벽을 두어 번 두드렸다.

툭. 툭.

애중이 공존하는 공간이다.

어릴 때는 이곳을 나오기 위해 피를 토하며 진마묵천강을 수련했고, 커서는 채워지지 않는 갈증 때문에 다시 찾아야 했던 곳.

진마묵천강의 모든 것이 담겨 있는 공간이다.

탁무정은 잠시 고민하는 듯하다 이내 석실을 열고 나갔다.

"어차피 또 오게 될 테니……."

진마묵천강의 구결을 모두 암기한 뒤 몇 번이나 이곳을 부수려 했는지 몰랐다. 허나 그때마다 곡대연이 말렸다.

언제고 되돌아왔을 때 반드시 필요한 무언가를 얻게 해줄 곳이라고 했던가?

곡대연의 충고는 정확했다.

그 뒤로 탁무정은 곡대연의 말이라면 뭐든지 믿었다.

탁무정의 목표는 북두제검주를 꺾는 것이고, 그것을 위해서는 어떠한 행동도 정당화될 수 있었다. 살막주를 죽이고 돌아오는 길에 의심이 들기 전까지는 그랬다.

북두제검주란 자가 과연 존재할까?

그런 자가 존재한다면 어째서 탁무정의 행보를 막기 위해 한 번을 나타나지 않는가 말이다.

의심은 곧 분노로 변했고 그 대상은 곡대연과 십마들에게
로 향한 것이다.

"조금만 더 기다리게 했다면 미쳤을 것이다."

탁무정은 맛있는 음식이 눈앞에 있기라도 하듯이 입맛을
다셨다.

계단을 오르는 탁무정의 전신에서 회색빛 연기가 뭉글 피
어나더니 이내 몸속으로 자취를 감췄다.

"큽!"

탁무정의 동공이 확장되며 눈앞이 환해졌다.

처음엔 한참이 지나야 열리던 시선이 이제는 진마묵천강
의 운용과 동시에 열리는 단계가 됐다.

감각이 빠르게 확장되며 대전 안은 물론이고 밖에서 벌어
지고 있는 상황이 눈앞에 보이는 것 같았다.

십팔마 스물여덟이 주위에 퍼져 있고 인영 하나가 천천히
바닥에 내려선다.

'……'

바닥에 내려선 무백의 시선이 정면의 대전을 향했다.

누군가 보고 있다.

낯설지 않은 시선이다.

무백은 탄궁일권에 의해 엉망이 된 바닥과 주위를 둘러보

았다.

탄궁일권이 바닥을 때리는 순간 피한 십여 개의 그림자가 숨어 있었다.

척.

무백이 한 발을 앞으로 내디뎠다.

순간, 몸을 감추고 있던 흑포인들 십여 명이 일제히 달려들었다.

쾅!

"헉!"

가장 먼저 공격한 흑포인의 입에서 다급한 비명이 터졌다.

내려친 검이 무백의 몸에 닿기도 전에 무언가와 부딪치며 엄청난 반탄력으로 밀어냈기 때문이다.

다급한 비명은 거기서 끝나지 않았다.

무백을 향해 달려든 십여 명의 위치는 모두 달랐지만 비명성은 똑같았다.

무백의 일보에 십여 번의 격돌이 있었던 것이다.

물러선 흑포인들은 재차 공격하지 못하고 멈춰 서서 꼼짝도 하지 않았다.

"이들로는 나를 지치게 할 수 없다."

퍼버벅!

무백의 말이 끝나는 것과 동시에 십여 명의 흑포인 몸에서 북 두드리는 소리가 터지며 모두 각기 다른 방향으로 날아가 담과 바닥에 처박혔다.

척.

다시 무백이 일보 앞으로 움직였다.

샤샤삭—

대전 앞에 다시 십여 명의 흑포인들이 모습을 드러냈다.

무백의 걸음이 멈췄다.

앞에 나타난 자들 때문이 아니라 날아간 자들이 움직이며 소리를 냈기 때문이다.

"백랑, 의창에서 만났던 십팔마란 자들은 머리가 잘린 다음에 야 다시 움직이지 않았어요. 조심하세요."

선하연의 말이 어떤 의미인지 이제야 알 수 있었다.

이들은 진마묵천강의 진기 때문에 뇌가 살아 있는 한 고통 을 느끼지 못하는 것이다.

"더 영리해진 건가?"

무백은 진마궁주의 독선적이며 반미치광이와 같은 얼굴을 떠올렸다.

그는 자신을 신이라 여기던 자였다.

신의 무공을 익혔으니 당연히 자신은 신과 동격이라고 했던가?

무백은 당시 진마궁주의 말을 무시했다. 허나 결사대 전원이 잠력대법을 사용하고도 신체의 일부까지 잃는 상황이 되자, 두려움에 반신반의했다.

그런 진마묵천강을 저 안에서 기다리고 있는 진마궁주 후예는 부하에게 전한 것이다.

백 년 전의 진마궁주보다 까다로운 자임엔 분명하지만, 달라진 것은 무백도 마찬가지였다.

무덤에서 나와 아홉 번의 탈태환골을 했고 의형님들의 열 가지 무공을 몸에 새기고 있으며 무엇보다 죽어선 안 되는 이유가 떠나는 날 새벽에 있었다.

'반드시 돌아가야 할 곳이 내겐 있다.'

무백은 성큼 다시 한 번 발을 내디뎠다.

하단전에서 손끝으로 보내준 진기가 빠져나오며 보이지 않는 실이 되어 무백의 주위를 감쌌다.

여의수라인.

이 실에 닿고서 잘리지 않는 것은 없다.

쾅!

가장 먼저 공격했던 흑포인의 두 곳에 무언가 닿는 감각을 느끼며 그대로 튕겨졌다.

아무것도 없는 무백의 등이었으나 갑자기 공간이 열리며

무언가 나와 자신의 검을 막은 것 같았다.

바닥에 떨어졌을 때는 화끈한 감각이 이마에서 느껴진다 싶더니 이내 사타구니까지 뜨거워졌고, 그것이 그가 세상에서 느낀 마지막 감각이었다.

퍽!

흑포인의 몸이 세로로 열리며 안에 있던 장기들이 바깥으로 삐져나왔다.

나머지 흑포인들은 자신의 몸이 잘려질 수 있다는 사실을 믿을 수 없는 눈으로 쳐다봤다.

그 짧은 사이.

무백은 다시 한 걸음 대전으로 향했고 왼손에 변화가 일어났다.

여의수라인을 펼치기 위해선 손가락을 모두 펴야 하는데 수도처럼 모아 옆으로 밀어낸 것이다.

고오오—

흔들리는 공기의 흐름.

잠시 멈칫했던 흑포인들은 급히 검을 가슴에 모아 다가오는 위험에 대비했다.

무백의 왼손에서 빠져나온 것은 수백 개에 달하는 수영(手影)이다.

개개의 수영은 살아 있기라도 한 것처럼 무백의 왼쪽에 있는 흑포인들을 닥치는 대로 때렸다.

물론 겉으로 볼 땐 마구잡이로 보이지만 천불수의 초식에 따라 손 모양과 때리는 각도까지 모두 달랐다.

콰콰쾅!

좌측에 있던 흑포인 십여 명의 신형이 허공에 떠 있다 사방으로 날아갔다.

어깨에 맞은 자는 몸을 회전시키려 했으나 수영은 하나만이 아니었기에 전신을 두들겨 맞아야 했다.

강가장에서 성마전 고수 셋을 상대할 때와는 비교도 할 수 없는 위력과 정확도를 가진 천불수였다.

"컥!"

피를 토하며 몇몇 흑포인이 일어나려 안간힘을 썼다. 허나 중심을 잃고 다시 고꾸라지고 말았다.

중심을 잡아야 할 어깨와 발이 제멋대로 구부러져 일어나기 힘든 상태였기 때문이다.

동료들의 구겨진 신체를 보며 무백의 우측에서 압박하던 흑포인들은 전력을 다해 검을 떨쳐냈다.

그러나 그들은 무백의 천불수에 맞아 나가떨어진 자들을 부러워할 수밖에 없게 됐다.

스륵.

여전히 무백의 오른손 다섯 손가락에는 아지랑이처럼 보

이는 여의수라인이 먹이를 노려보며 하늘거리고 있었다.

슈왓!

무백의 오른손을 떠난 여의수라인의 칼날이 일제히 덮쳐
드는 흑포인들의 검과 몸을 무자비하게 훑고 지나갔다.

스팟!

허공에 떠 있던 흑포인들은 검을 머리 위로 든 채 그대로
땅에 내려섰다.

대전 앞에 정적이 흘렀다.

천불수에 맞아 신체 일부를 잃은 흑포인들은 검을 든 동료
들을 보느라 입을 다물었고, 허공에서 검을 든 채 떨어진 흑
포인들은 자신들의 몸을 살피며 꼼짝도 하지 못했다.

시간이 멈춘 것처럼 그렇게 시간이 흘렀다.

툭.

바닥에 무언가 떨어지는 소리가 났다.

움직일 수 있는 흑포인들의 시선이 일제히 그쪽으로 향했
고, 떨어지는 물체들이 내는 소리도 이어졌다.

투두둑—

바닥에 떨어진 것은 땅을 딛고 선 흑포인들의 머리였다.

"너희도 그만 고통에서 해방되라."

파앗!

무백의 오른손이 허공을 휘저었다.

그것이 개개인의 무공만으로도 능히 성마전 고수들과 자웅을 결할 수 있다던 삼십 명에 가까운 십팔마의 죽음이었다.

턱.

무백이 무언가를 잡는 시늉을 하자, 걸음을 옮기는 무백의 손으로 십팔마 중 한 명이 사용하던 검이 빨려 들어왔다.

"맨손으로 세 가지 무공을 동시에 펼칠 수 있는 건가? 아니지, 검을 든 걸 보니 네 가지겠군."

닫힌 대전 문을 보며 탁무정은 혼잣말을 했다.

보지 않아도 바깥의 상황은 모두 알 수 있는 이유는, 진마묵천강으로 인해 뇌의 활동 영역이 넓어져 범인들은 느끼지 못하는 감각을 느낄 수 있기 때문이다.

"너무 큰 기대를 한 건가? 이패의 주인이란 자들과 비교하면 강하다 할 수 있겠지만, 겨우 십팔마 몇을 상대하면서 무공을 세 가지나 사용한 건… 벌써 시시해지려고 하는구나."

탁무정의 표정은 크게 변화가 없었다.

잠시 떠졌던 눈이 스르르 다시 감겼다.

팟!

무백은 대전 문을 열자마자 곧장 검을 뻗어냈다.

암습을 준비하고 있던 십팔마 중 한 명이 목이 찔린 채 축

늘어졌다.

바닥이 붉게 번져 갔다.

대전 안의 십팔마들은 밖의 십팔마들과 달랐다.

검을 손에 든 자들도 있지만 과반수 이상이 맨손이었다.

"음?"

십팔마들을 살피던 무백의 시선이 한곳에 고정됐다.

태사의에 앉아 엄청난 기운을 뿜어내고 있는 탁무정.

대전 입구와 바닥은 백 년 전과 달랐지만 태사의 주변은 변한 것이 없었다.

"이곳은 여전하군. 사람만 바뀌고 건물은 그대로 둔 건가?"

무백이 담담하게 말문을 열었다.

"여전하다? 재미있는 말이구나. 마치 이곳에 언제고 와본 적이 있다는 듯이 들리는데? 내가 제대로 들은 건가, 북두제검주?"

탁무정은 반쯤 놀리듯이 꺼낸 말이었다.

"와본 적이 있지. 백 년 전에."

"큭. 백 년 전? 어디서 주워듣고 온 모양이구나."

"백 년 전의 진마궁주처럼 되어가고 있다고 들었는데 아직은 아닌 모양이군."

"……"

"……."

"정말로 네가 북두제검주의 후예인가?"

너무도 담담하게 백 년 전의 얘기를 하는 무백의 태도에 처음으로 탁무정의 표정이 변했다.

슥―

탁무정은 상체를 앞으로 당겼다.

후앗!

막대한 진기가 한꺼번에 무백을 향해 뻗어나갔다.

"그 정도론 나를 물러나게 못한다."

무백은 탁무정의 마기를 고스란히 받아내면서 말까지 건넸다.

영향을 받은 것은 무백과 가까이 있던 십팔마들이었다.

"컥!"

자신들의 몸에 심어진 진마묵천강보다 더 강한 힘이 밀려들자 덜덜 떨기 시작한 것이다.

"쓸모없는."

탁무정은 적 앞에서 떠는 모습을 보인 십팔마 둘을 향해 손을 뻗어 움켜쥐는 시늉을 했다.

순간, 십팔마 둘이 갑자기 바닥에 엎드리더니 칠공에서 피를 쏟아내며 즉사하고 말았다.

"벌써 그 단계까지 갔군."

무백의 목소리가 낮아졌다.

탁무정이 보인 수법이 어떤 형태로 응용되는지 바로 눈앞에서 봤기 때문이다.

"크크크. 이거 흥미롭구나. 그 단계? 어떤 단계를 말하는 건지 알려줄 수 있겠느냐?"

탁무정은 무백이 진마묵천강에 대해 잘 아는 것처럼 말하는 것이 신기해졌다.

백 년 전의 기록서를 봤을 수도 있지만 탁무정이 본 그 어떤 책에도 진마묵천강의 단계에 대한 글은 나와 있지 않다.

책이 아니라면?

한 가지 외엔 설명할 수 없었다.

"백 년 전의 북두제검주의 영혼이 네게 빙의라도 한 건가?"

"놀랍다. 백 년 전의 진마궁주와 비견될 만한 성취를 이루었음에도 제정신이구나."

"……."

탁무정의 감정 없는 시선이 무백에 닿았다.

<u>드드드드—</u>

태사의가 요동치기 시작했다.

"마왕진천. 진마묵천강기로 하늘을 짓밟는다."

"……!"

무백의 한마디에 탁무정의 주위로 모여들던 기의 폭풍이 씻은 듯이 사라졌다.

진마묵천강의 초식은 곡대연도 모른다.

군림회의 최고 수뇌 중 한 명인 곡대연이 모르는 것을 눈앞의 젊은 놈이 안다?

"정말 백 년을 살았단 말이냐? 그렇다면 네가 바로……."

"진마궁주를 죽인 결사대의 일인 북두제검주다."

"……."

"정확히 말하자면, 의형님들의 도움을 받아 북두제검으로 진마궁주의 이마 정중앙을 꿰뚫은 북두제검주다."

"……!"

"오늘, 나 북두제검주는 너를 죽이고, 진마묵천강을 세상에서 지운다."

꾸드등!

무백의 말이 끝내자마자 손에 들고 있던 검을 던지며 양손을 활짝 폈다.

검이 거친 소리를 내며 회전을 일으켰다.

탁무정은 멍한 눈으로 그 광경을 지켜보기만 했다.

씰룩. 씰룩.

웃는다.

정말로 눈앞에 평생을 고대하던 북두제검주가 나타났다.

십팔마들 따윈 언제든 만들 수 있다.

퍼벅!

검은 여전히 무백 앞에서 회전하고 있는데 십팔마 둘의 심장에 구멍이 났다.

퍼벅!

짧은 소음과 함께 이번엔 손을 모으고 있는 십팔마의 손이 터져 나갔다.

총 이십칠 명의 십팔마의 신체 일부가 사라지는 데 걸린 시간은 눈 두어 번 깜빡일 정도였다.

"그건 검을 사용하는 것이 아니라 소모하는 것 아닌가, 북두제검주?"

탁무정은 무백의 수법을 모두 지켜봤다.

십팔마들의 몸에 구멍을 낸 것은 진기를 유형화한 것이 아니라 검 조각이었다.

"일곱 개의 조각만 있으면 그 무엇으로도 펼칠 수 있는 셋째 의형님의 묵곤이란 무공에 둘째 의형님의 풍도를 응용한 것이다. 그리고……."

무백은 말을 끝내며 양손을 쫙 펼쳤다.

신체 일부가 사라졌음에도 움직이던 십팔마들이 한순간에 멈추었다.

"여의수라인이라고 다섯째 의형님의 무형검이다."

"파하하하하!"

탁무정은 연녹색 안광을 뻗어내며 시선은 무백에게 고정된 채 대전 전체가 들썩일 정도로 내공을 실어 웃기 시작했다.

끄앙— 드등—

대전은 탁무정의 웃음에 반응이라도 하듯이 기묘한 소리를 내며 먼지와 돌가루를 뿌려댔다.

*   *   *

"헉헉……."

거칠게 숨소리를 내뱉으며 서로를 노려보던 사도무량과 동구적이 급히 떨어지며 시선을 별관 쪽으로 돌렸다.

끄앙— 드등—

별관에서 들려온 기음으로 싸움이 멈췄다.

사도무량과 동구적은 인상을 쓰긴 했지만 서로를 경계하는 것도 잊지 않았다.

"도대체 이게 무슨 소리야!"

"지독한 소리다!"

"으아악!"

전각 앞에 있던 무인들 중 내공이 부족한 자들은 별관에서 들려오는 소리를 견디지 못하고 그대로 자리에 주저앉아 귀를 양손으로 틀어막았다.

"지독한 내공이로고."

좌전은 빙선과 같이 두 세력의 싸움에서 물러나 지켜보던 중이었다.

"무백의 말씀대로 누구도 물러서질 않는군요."

빙선은 두 세력의 싸움을 보며 혀를 찼다.

모든 것을 버리기로 약조했다던 두 세력의 싸움은 한 치의 양보도 없었다.

"두 세력의 싸움은 그 어느 때보다 치열할 것입니다. 서로가 서로에게 거짓말을 했고, 어느 한쪽이 사라지면 약속을 지킬 필요가 없게 되니 당연한 일이겠지요."

무백의 예상은 옳았다.

이대로 가다가는 군림회의 마인들이 사방에서 몰려들어 와룡문의 고수가 전멸할지도 몰랐다.

"빙선, 우린 무백께서 부탁한 일만 하면 됩니다."

"그래야지요. 허나, 제가 올라가는 것을 막는 자가 있다면 어쩔 수 없을 것 같습니다."

빙선이 처음으로 좌전보다 길게 말을 했다.

좌전은 더 묻지 않고 고개를 끄덕였다.

사람에겐 누구나 꺼내고 싶지 않은 기억이 있는 법이다. 하지만 원망으로 수십 년을 얼음밖에 없는 곳에서 지냈음에도 버릴 수 없는 애증이란 놈은 남게 된다.

빙선의 신형이 전각 구 층을 향해 쏘아져 갔다.

'미운 놈 떡 하나 더 주는 거요, 빙선?'

좌전은 빙선이 과거 정파에 몸담았던 적이 있음을 무백과 셋만의 공간에 있을 때 눈치챘다.

빙선은 지금 구마 중 한 명을 상대하려고 한다. 몰려온 와룡문의 고수들 중에 사문과 관련이 있는 자가 있을지도 모른다.

하지만 그게 뭐 어떻다는 건가?

무백의 뜻을 거스르지만 않는다면 좌전은 몇 명의 마두들을 죽이든 전혀 상관할 생각이 없었다.

때마침 별관의 기음도 잦아들었다.

와아아아!

와룡문과 군림회의 대결이 다시 시작됐다.

* * *

미친 듯이 웃어대던 탁무정이 갑자기 정색을 하며 태사의에서 몸을 일으켰다.

"백 년이다! 고작 그따위 잔재주들을 익히느라 그 세월을 보낸 거냐?"

탁무정의 실망이 눈빛에 고스란히 드러났다.

쿵!

탁무정의 발 구름으로 바닥에 균열이 갔다.

"나는! 너를 기다린 게 아니다. 북두제검주를 기다린 거라고!"

콰콰콰!

진마묵천강의 기세가 무백을 향해 뻗어가며 바닥에 균열을 일으켰다.

"나는! 백 년 전의 진마궁주보다 강하다. 아니, 역대 진마묵천강을 익힌 사람 중 가장 위대한 경지에 올랐다. 그런 나를! 오직 신만이 나의 상대가 될 수 있는 나를! 너따위가 감히! 답해라, 네가 이 몸의 상대가 될 자격이 있느냐?"

탁무정의 눈에 광기가 짙어졌다.

진마묵천강의 기운에 잠식되어 가고 있는 모습이다.

"후후후."

무백은 탁무정의 광기 어린 말을 모두 듣고서 서서히 고개를 좌우로 내저으며 웃었다.

"웃어?"

"백 년 만에 받는 질문이라 잠시 웃음이 나왔다. 백 년 전, 그 자리에 서 있던 사람도 똑같은 질문을 했거든. 그자는 미쳤었는데… 너도 그런 것 같아 안타깝구나."

"큭. 미쳤다고? 이 몸이?"

탁무정이 갑자기 손을 들어 무백을 가리켰다.

그러자 천장에서 묵직한 돌이 곧장 떨어져 내렸다.

쿵!

무백이 서 있던 자리에 거대한 돌이 박혀들었다.

탁무정의 시선이 옆으로 돌아갔다.

"너, 북두제검주는 이 자리에서 죽는다. 그리고 이 몸은 강호를 없애 버릴 것이다."

"강호를 없앤다?"

"그래야 하찮은 것들이 영원히 신의 자리를 넘보지 못하지. 강호를 일통하자고? 그런 건 하찮은 것들이나 하는 짓이야. 신은 명령만 하는 것이다. 명령을 듣지 않으면 죽음만이 내려진다."

확신에 찬 연녹색 안광이 번들거린다.

무백은 탁무정이 진심으로 말을 하고 있음을 느꼈다.

백 년 전의 진마궁주는 잔인하긴 했지만 탁무정과 같은 허황된 꿈을 꾸진 않았다.

탁무정이 훨씬 위험한 자인 것이다.

"너도 하찮은 것에 불과했어."

"……!"

무백이 잠시 다른 생각을 하는 그 짧은 사이, 연녹색 안광이 눈앞에 나타났다.

무백은 삼단전을 연결한 후 손가락을 뻗었다.

쉭.

퍽!

"……!"

손가락이 닿기 전에 엄청난 충격이 무백의 가슴을 때렸다.

"하찮은 것."

뒤로 튕겨 나가는 무백의 눈에 탁무정의 경멸 어린 눈빛이 들어왔다.

쾅!

대전 벽에 구멍이 뚫리더니 그곳으로 무백의 신형이 날아갔다.

"그 순간에 내 힘을 막아내고 흘리기까지 했다고?"

탁무정은 자신의 손을 내려다봤다.

붉은 선이 수도 없이 나 있었다.

무백의 가슴에 손이 닿는 순간까진 아무런 감각도 느낄 수 없었다.

"이건 도식(刀式)이다."

탁무정의 얼굴에 웃음기가 사라졌다.

벽을 뚫고 나간 무백이 자신의 가슴을 두드려 보며 일어나 있었기 때문이다.

멀쩡히 일어선 무백이 탁무정을 향해 자세를 낮추며 주먹을 서서히 뻗어냈다.

고오오―

"무백!"

좌전의 입에서 다급한 외침이 터졌다.

"후… 쿨럭… 여, 역시… 부, 북… 검주… 가 아니면… 안 되는…….."

축 늘어진 채 좌전 앞에 쓰러져 있던 곡대연이 힘겹게 입을 열었다.

두 사람이 있는 곳은 전각 지붕.

곡대연의 호위인 야괴가 심장에 구멍이 난 채 죽어 있었다.

"무슨 말이냐?"

"회, 회주를 죽… 일 수 있는… 조, 존재… 북… 두제… 검 주…….."

"아!"

좌전이 갑자기 안도의 한숨을 내쉬었다.

곡대연은 다시 안간힘을 다해 고개를 옆으로 돌려 별관 쪽을 봤다.

튕겨졌던 무백이 멀쩡한 모습으로 일어나 자세를 취하는 것이 아닌가?

'이, 일어났다고? 회주의 진마묵천강에 맞고도?'

"저분 안에는 대형의 분신뿐만 아니라 여덟 명의 결사대원이 모두 살아 있다. 그리고 북두제검주도."

"무, 무슨……."

"저분이 바로 백 년 전에 대형을 설득하신 북두제검주시다."

'하!'

곡대연은 좌전의 말에 정신이 아득해졌다.

상문하영이 죽었을 때 조금만 더 조사를 했더라면.

창심온이 북두제검주를 찾아서 데려오겠다고 했을 때 눈치를 챘더라면.

손가락 끝에 힘조차 줄 수 없는 상황에서도 자신의 계획이 실패만은 아니었다는 위로를 받은 것인가?

곡대연의 목이 힘없이 옆으로 꺾였다.

마지막까지도 욕심을 버리지 못한 최후의 모습이었다.

좌전은 곡대연에게서 손을 놓고 걱정스런 눈으로 별관 쪽을 돌아봤다.

콰콰콰콰!

지축을 뒤흔들 정도의 굉음이 별관에서 터졌다.

별관이 부서지며 생겨난 잔재들이 바닥으로 떨어지지 않고 사방으로 날아갔다. 두 고수의 기세가 만들어낸 폭풍에 휘말린 까닭이다.

고오오—

기의 응집이 만들어내는 소리.

이번엔 무백과 탁무정 두 사람의 몸에서 동시에 흘러나왔다.

"하나만 물어보자. 진마수를 맞고도 어떻게 살아 있을 수 있는 거냐?"

"죽었다."

"뭐라고?"

"아홉 개의 목숨 중 하나가 네놈 때문에 죽었다."

무백의 눈이 붉게 타올랐다.

풍도를 손으로 펼쳐 막기는 했지만 탁무정의 진마수를 막기는 역부족이었다.

몸 안에 새겨진 풍도의 흐름을 가슴에 집중시켜 심장을 보호했으나, 결국 풍도의 흐름이 몸 안에서 사라지고 말았다.

아홉 번의 탈태환골로 얻은 생명 하나가 죽은 것이나 마찬가지인 것이다.

무백의 분노가 더욱 거세졌다.

고오오—

"흐흐흐. 신인 내게 그따위 말을 하다니. 네 목숨은 내가 주어야 사는 것이야. 어디 또 살아나 봐라."

탁무정의 목소리가 탁해지며 몸에서 무언가를 뿜어냈다.

지하 석실에서 흡수했던 그 연기였다.

회색빛 연기는 탁무정의 몸에서 빠져나오더니 양손에 집중됐고 곧 형태를 변화시키기 시작했다. 한 손엔 길쭉한 창의 형태로, 다른 한 손엔 도의 형태로.

"진마구주를 사용할 셈이군."

"……!"

탁무정은 무백이 한눈에 진마구주를 알아보자 놀란 눈이 됐다.

이번엔 웃지도 않았다.

무백이 백 년 전 사람이란 말을 헛소리라 여기고 있던 모양이다.

"내겐 잊을 수 없는 무공이지. 그걸 막으려다 의형님 두 분이 팔과 다리를 하나씩 잃으셨기 때문이다."

무백은 긴장된 표정을 숨기지 않았다.

백 년 전의 진마궁주가 진마구주를 펼쳤을 때, 저 정도로 선명한 무기의 형태를 만들진 못했다. 확실히 탁무정의 화후가 진마궁주를 넘어선 것이다.

당시 저 무공을 막아선 두 사람은 탄궁일권 강대기와 천뢰
무극창 단극이었다.

"그럼 이번엔 죽겠구나."

탁무정은 조금도 주저 않고 양손에 쥔 창과 도를 휘두르며
공간을 좁혀갔다.

콰우우!

무백은 주저 없이 양손을 내밀어 다가오는 탁무정을 향했
다.

"이것이 의형들의 무공이다."

진마묵천강을 유형화시켜 만든 창이 무백의 바로 앞까지
다가왔다.

끄드등.

무백과 탁무정 사이에 있는 대전 문이 비틀리며 신음을 흘
렸다.

탁무정의 창이 무백이 만들어낸 무형의 벽을 찌르면서 공
간을 일그러지게 만들고 있기 때문이다.

무백의 이마에 힘줄이 돋았다.

삼단전을 열어 만든 무형의 벽을 일수에 일그러뜨릴 정도
의 강한 힘을 가진 자였다.

기억나진 않지만 잠든 백 년 동안 오로지 아홉 의형의 무공

을 몸에 새기려 했다. 그러니 무덤에서 나오는 순간 아홉 번의 탈태환골을 했을 것이다.

그 덕에 와룡문주든 십마 중 일인인 상문하영이든 무백의 상대가 될 수 없었다.

탁무정은 그런 무백을 단 일 수로 압박해 들었다.

'놓으면 된다. 허나……'

무백의 고민은 간단했다.

탄궁일권을 손에 집중하고 있으니 그 힘을 천뢰무극창의 흐름과 접목시켜 낙뢰처럼 떨어뜨리면 되는 것이다.

그러나 탁무정이 그것을 허락하지 않고 있었다.

일권을 낙뢰로 떨어뜨리는 순간 저 창에 무백 역시 찔리고 말 것이기 때문이다.

그그그그극!

대전 문에서 나던 소리가 더 위로 올라갔다.

'응? 이건!'

어느 한순간 무백의 눈빛이 달라졌다.

머릿속으로 소리가 들려왔기 때문이다.

무백은 버티던 무형의 벽을 풀며 주먹을 위로 들어올렸다.

퍽!

"컥!"

기다리고 있었다는 듯 탁무정의 창이 그대로 무백의 가슴을 꿰뚫었다.

탁무정이 득의의 웃음을 지었다.

"신에겐 그 어떤 것도 부서질 뿐이다."

탁무정은 왼손을 들어올렸다.

묵강이 번들거리는 도가 빛을 뿌렸다.

"그만 가라. 백 년……!"

막 도를 내려치려던 탁무정의 눈이 커지며 신형을 뒤로 빠르게 물렸다.

콰콰쾅!

탁무정이 서 있던 자리에 거대한 웅덩이가 만들어졌다.

촌각의 시간만 늦었어도 탁무정의 몸이 웅덩이처럼 변했을 것이다.

"좋은 시도였다."

탁무정이 피하는 바람에 무백의 공격은 자해한 것처럼 되고 말았다.

"쿨럭."

한쪽으로 날아간 무백이 거칠게 기침을 하며 몸을 일으켜 세웠다.

"이 충격… 백 년 전으로 돌아간 것 같구나."

"네 단단한 몸만큼은 나도 인정해 주마."

"겁먹고 도망친 주제에 나대기는… 끙!"

무백은 힘겹게 몸을 일으키면서도 웃었다.

오른쪽 가슴 부위의 옷이 너덜거렸다.

"이번에도 네 의형들이 목숨을 살려주었느냐?"

탁무정은 한껏 자신의 힘에 취한 표정을 지으며 물었다.

무백은 왼손을 가슴에 대며 탁무정을 쳐다봤다.

"두 분께서 주셨다."

"파하하하하!"

탁무정은 정말로 자신이 신이라도 된 것처럼 양팔을 벌려 언제든 다시 오라는 듯 웃었다.

"백 년 전과 또 달라졌구나."

무백의 혼잣말이었다.

생각 속에서의 진마궁주는 이렇게까지 강한 자가 아니었다.

"하지만 내겐 북두제검(北斗帝劍)이 있다."

천추(天樞)에서 시작되어 일곱 개 별의 마지막인 요광(搖光)에 이르러 완성되는 검식.

무백은 손에 검을 쥐고 있기라도 한 것처럼 북두제검의 기수식을 취했다.

"아직도 해볼 게 남아 있느냐?"

탁무정은 무백의 기괴한 동작을 보며 이채를 발했다.

보이는 건 검식인데 검을 들지도 않았고 거리상으로도 탁무정에게 닿으려면 훨씬 가까워야 하기 때문이다.

그때였다.

쿵!

대전 안에서 굉음이 터졌다.

"......."

탁무정의 안색이 굳었다.

소리가 난 곳이 어딘지 굳이 돌아보지 않아도 알 수 있다.

북두제검을 보관한 곳이다.

쾅!

거칠게 벽이 부서지며 무언가가 엄청난 속도로 탁무정의 얼굴을 향해 짓쳐들었다. 허나 탁무정은 소리가 나는 것과 동시에 자리에서 사라지고 없었다.

쾌액!

물체는 탁무정을 지나 무백을 향해 날아갔다.

검 한 자루.

북두제검이었다.

"전일식 괴(魁), 후일식 표(杓), 그리고 두 식이 합쳐져 두(斗)가 된다."

쿠왕!

무백의 동작에 따라 북두제검이 허공으로 솟구치더니 아래로 내리꽂혔다.

처음엔 한 번, 두 번째엔 세 번, 그리고 일곱 번.

별관이 납작하게 변하는 것은 순식간에 벌어진 일이었다.

그리고 나서야 무백은 고요한 자세로 멈춰 섰다.

납작해진 별관의 잔재 속에 한 사람이 연녹색 안광을 뿜어내며 서 있었다.

"감히……."

헝클어진 머리칼과 찢겨진 옷.

줄기줄기 쏟아내고 있는 연녹색 안광.

양손에 묵빛 창과 도를 쥐고 있는 탁무정의 모습은, 지옥에서 탈출한 악귀와 다름없었다.

무백의 입가에 옅은 웃음이 감돌았다.

'아무리 시간이 지나도 변하지 않는 것은 변하지 않는 것이다.'

무백이 펼친 북두제검에는 삼단전의 일체에 빛으로 쏘아내는 장학인의 고검이 담겨 있었으며, 하나에서 천으로 분리되지만 결국은 다시 하나가 되는 천불수의 묘리가 담겨 있었다.

그리고…….

콰앗!

무백의 눈에 잡히지 않을 정도로 빠르게 거리를 압축시킨 탁무정의 창과 도가 무백의 심장과 얼굴에 꽂혔다.

콰쾅!

뿌연 먼지가 별관 앞을 가득 메웠다.

"무백!"

와룡문과 군림회의 싸움은 한참 전에 멈춘 상태였다.

무백과 탁무정의 격돌에 거대한 건물이 사라지는 광경을 보고 싸울 의지가 사라지면서 자연스럽게 두 사람의 대결을 지켜보는 쪽을 선택한 것이다.

가장 먼저 먼지 안으로 날아간 사람은 좌전과 빙선이었다.

두 사람의 무공으로 먼지를 날리고 얼려 버리며 폐허가 된 공터를 드러나게 만들었다.

"오!"

멀리서 지켜보던 사람들이 일제히 탄성을 터트렸다.

좌전과 빙선 때문이 아니라 먼지가 걷힌 자리에 선 검은 무복의 청년 때문이다.

"십기제군이 군림회주를 죽였다!"

와룡문도는 일제히 함성을 질러댔다.

이상한 것은, 자신들의 주군이 죽었으면 당연히 풀이 죽어야 하는데, 살아남은 육마와 성마전, 집마전의 마인들 눈에 안도의 빛이 담겼다.

"오늘 이후 군림회를 해체하겠다는 약조만 한다면 더 이상

의 공격은 하지 않겠다. 알아들었다면 지금 당장 이곳을 떠나
시오."

창심온의 말이 끝나자 육마는 서로의 눈을 마주한 뒤 부하
들과 함께 하나둘씩 자리를 벗어나기 시작했다.

"이대로 보내면 저들은 언제고 또 다른 군림회를 조직하려
들 것이오, 영웅령주. 이 기회에……."

백승이 달아오른 얼굴로 창심온에게 외쳤다.

"분명 그렇게 할 겁니다. 그럼 우리도 또 다른 와룡문을 만
들겠지요."

창심온은 그 말을 끝으로 별관 쪽으로 돌아섰다.

탁무정의 이마엔 일곱 개의 별이 새겨진 검날이 튀어나와
있었다.

백 년 전에 두고 왔던 북두제검이 무백의 기에 동조하지 않
았다면 싸움은 무척 힘들었을지도 몰랐다.

"이런 자와 싸웠던 것입니까?"

무백이 아닌 백 년 전에 이곳에 있었을 고검 장학인을 말하
는 것이다.

"이런 자와 싸우셨소."

"…대형."

좌전은 탁무정 앞에 무릎을 꿇고 오열했다.

그 사실을 백 년 만에 알게 됐다는 죄책감으로 인해 좌전의 눈물은 더욱 진하게 터져 나왔다.

무백은 헝클어진 머리칼을 쓸어 넘기며 시선을 옆으로 돌렸다.

멀리 무백을 보고 있던 창심온은 한 발 뒤로 물러서더니 양손을 모아 허리를 숙였다.

군림회는 들끓던 용암이 빠져나가고 남겨진 검은 재만 가득한 곳이 됐다.

이 년 후.

와룡문과 군림회가 해체됐다는 소식이 이 년 전에 강호 전역으로 퍼졌을 때 수많은 사람은 혼란에 빠지고 말았다.

정파와 사파가 공존하는 세상이라니…….

혼란은 사람들로 하여금 새로운 단체를 만들도록 종용할 수밖에 없었다.

정파엔 구대문파와 오대세가로 사람들이 몰렸고, 사파엔 군림회의 육마들이 세운 군악방과 집마부 등으로 몰렸다.

새로운 현상은, 정과 사의 싸움을 중재하는 중간자 입장의 문파들이 생겼다는 점이다.

그리고 생겨나게 된 금역.

처음엔 누구도 십제문이란 곳을 대단하게 여기지 않았다.

위치로 봐도 그다지 중요한 곳이 아니고, 그렇다고 유명한 고수가 있는 것 같지 않은데, 정파와 사파의 무인들은 십제문의 영역에 허락 없이 발을 들여놓지 않았다.

혹자는 십제문의 문주가 와룡문과 군림회의 싸움을 종식시킨 고수라고 했고, 혹자는 상인으로 오랫동안 엄청난 부를 축적해 강호인들도 함부로 대하지 못하는 사람이란 말도 있었다.

소문은 이 년 동안 강호 전역으로 퍼진 상태였다.

십제문.

금가장을 시작으로 'ㄷ'자 형태를 갖추었다.

이 년 만에 제자들의 수도 꽤 늘었고 정해진 구역에는 경계처럼 담이 쳐져 있어 독립적인 생활을 하고 있었다.

뿌리를 찾은 사람들이 아직은 과실을 얻진 못했지만 줄기를 길게 뻗기 위해 전력을 다하는 곳이기도 하다.

탄궁전 전주 강민.

열일곱이 된 강민은 변죽이 좋아 천양 일대에 모르는 사람이 거의 없었다.

"혹 총관, 사부님 소식은 없나요?"

연못을 지나며 강민이 흑광에게 물었다.

이젠 두 사람의 키가 엇비슷했다.

"주군께서 어디 제게 일일이 말씀을 하시나요. 오시면 오시는 거고, 가시면 가시는 거죠."

"그래도 우리보단 낫잖아요, 흑 총관."

강민은 흑광을 돌아보며 울상을 지었다.

헌앙한 외모와 어울리지 않는 엄살이었다.

"요 노사 때문에 그러시는 겁니까, 전주님?"

"말이 안 되잖아요. 사형제 비무에 왜 매번 요 사형이 참가하시냐고요."

"요 노사께서도 주군의 제자시니 당연한 것 아닌가요?"

"흑 총관은 제 편 아니죠?"

강민이 눈을 가늘게 뜨며 흑광을 쳐다봤다.

하소연할 사람이 없는 강민의 유일한 출구가 바로 흑광이었다.

"저야 항상 전주님 편이죠."

"알아요. 그나저나 앞으로 제가 비무에 우승하려면 얼마나 수련해야 가능할까요?"

"우승이요?"

흑광은 강민을 놀란 눈으로 보며 반문하고 말았다.

요풍은 제외하더라도, 금성문과 단극, 천명은 무공에 미쳐

삼십 년 가까이 살아온 사람들이다. 그런 그들을 단 이 년 만에 이기겠다는 것인가?

"왜요?"

"아, 아닙니다."

"지금 놀라신 거죠, 제가 우승 운운하니까 놀라신 거 맞죠?"

"그야······."

"이봐, 이봐. 흑 총관께선 역시 제 편이 아니었어요. 저 그만 가볼래요."

강민이 심통 난 표정을 짓고는 탄궁전 쪽으로 가버렸다.

흑광은 강민의 뒷모습을 보며 너털웃음을 지었다.

현재 강민이 이길 수 있는 사형제 중엔 구진진 외엔 없었다.

승부욕이 남달라 욕심을 내는 것이다.

나쁘지 않았다. 오히려 그런 욕심을 낼 기회조차 없는 흑광으로서는.

'흑광아, 서두르지 말자. 주군의 옆에 설 수 있다는 것만으로도 영광인 삶이다.'

이 년 전 뒤늦게 도착한 군림회에서 걸어 나오던 무백의 모습.

무백은 좌선과 빙선을 좌우에 두고 초췌한 모습으로 검 한 자루 쥔 채 정문으로 걸어 나왔다.

뒤쪽으로 수십 명에 달하는 와룡문의 무인이 무백과 함께 돌아가는 내내 양손을 모으고 머리를 숙이며 존경의 예를 표했다.

흑광 평생 그런 장엄한 광경은 본 적이 없었다.

십제문으로 돌아오는 길 내내 전율로 인해 몇 번이나 몸을 떨었는지 몰랐다.

강민, 구진진, 금성문, 요풍, 단극, 천명.

몇몇은 아직 사람들의 입에 오르내리지 않지만 곧 강호인 사이에서 칭송받는 훌륭한 무인이 될 사람들이다.

이들의 뿌리가 한 사람으로부터 나왔기 때문이다.

무백.

『무백』 완

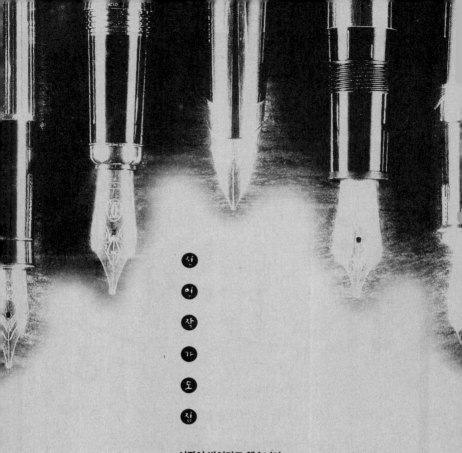

신
인
작
가
도
집

시작이 반이라고 했습니다.
작가의 길에 대한 보이지 않는 벽을 과감히 깨뜨리십시오!
청어람은 작가 지망생 여러분들의
멋진 방향타가 되어드리겠습니다.

저희 도서출판 청어람에서는
소설 신인 작가분들을 모집합니다.
판타지와 무협을 사랑하시는 분들의 많은 참여를 바랍니다.
소정의 원고(A4용지 150매)를 메일이나 우편으로 보내주시면
검토 후 출판 여부를 알려드리겠습니다.

주소:경기도 부천시 원미구 심곡2동 163-2 서경B/D 2F 우편번호 420-822
TEL:032-656-4452 · **FAX**:032-656-4453
http://www.chungeoram.com
e-mail:chungeoram@chungeoram.com

FUSION FANTASTIC STORY

월문선 장편 소설

화려한 귀환

머나먼 이계의 끝에서
다시 돌아온 남자의 귀환기!

『화려한 귀환』

장점이라고는 없던 열등생으로 태어나,
학교에서 당하는 괴롭힘을 버티지 못하고
자살이라는 극단적인 선택을 하게 된 남자, 현성.

"돌아왔다⋯⋯. 원래의 세계로!"

이계에서 죽음을 맞이하게 된 현성은
자신을 죽음으로 내몰았던 현실 세계로 돌아오게 된다!

고된 아픔들, 그리웠던 기억들.
모든 것을 되살리며 이제 다시 태어나리라!

좌절을 딛고 일어나 다시 돌아온
한 남자의 화려한 이야기!
이보다 더 화려한 귀환은 없다!

Book Publishing CHUNGEORAM

유행이 이닌 자유추구 -
WWW.chungeoram.com

FUSION FANTASTIC STORY
건(建) 장편 소설

컨트롤러
Controller

세상에게 당한 슬픔,
약자를 위해 정의가 되리라!

『컨트롤러』

부모님의 억울한 죽음.
더러운 세상에 희롱당해
무참히 희생당한 고통에 분노한다!

"독하게… 살아가리라!"

우연한 기회를 통해 받은 다른 차원의 힘.
억울함에 사무친 현성의 새로운 무기가 된다.

냉정한 이 세상을 한탄하며,
힘조차 없는 약자를 대변하고자
내가 새로운 정의로 나서겠다!